何が困るかって

坂木　司

JN192027

小説でしか表現できない〈奇妙な味〉が横溢《おういつ》した、短いけど忘れがたい、不思議なお話を読んでみませんか？——子供じみた嫉妬から仕掛けられた「いじわるゲーム」の行方、夜更けの酒場で披露される「怖い話」の意外な結末、バスの車内で静かに熾烈に繰り広げられる「勝負」、あなたの日常を見守るけなげな「洗面台」の独白、「鍵のかからない部屋」から出たくてたまらない“私”の物語——日常と非日常のあわいに見える18の情景をさまざまな筆致で描きだす、『青空の卵』や『和菓子のアン』の名手が贈る珠玉のショートストーリー集。巻末に「ホリデーが肉だと先生が困る」を特別併載。

何が困るかって

坂木　司

創元推理文庫

BE IN TROUBLE

by

Tsukasa Sakaki

2014

目次

何が困るかって

——何が困るかって、ねえ。

いじわるゲーム　Secret Game

思春期に発明した、いじわるなゲームがあります。

最初は、子供じみた嫉妬《しっと》がきっかけでした。

高校二年生の頃。一番仲のよかったM子の態度が夏を境に変わりました。おかしいと思ってたずねても、M子は答えません。そして友達の間に、ある噂《うわさ》が流れました。

「M子とN男は、つきあっているらしい」

それを聞いて、私は不快になりました。M子は今まで、私に何でも話してくれました。家族のこと、勉強のこと、そして将来のこと。私たちは無邪気に何でも語り合い、私もすべてをM子に打ち明けてきました。

そんな私に、M子は秘密を作った。

私はそれを悲しく思い、何度かM子に告白をうながしました。たとえば月曜日に「週末は何をしていたの」と、わざとらしくたずねる。するとM子は、「んー、買い物?」などと答える。もとよりM子は依存度の高い人間で、一人でショッピングなどしたこともなかったのに、です。

夜、長電話をしようとしても話し中だったので問いただすと、「電池が切れた」と答えます。呼び出し音が鳴っていたのに、です。

M子は隠し事が下手で、その下手さが余計に私を苛立たせました。

「ねえ、つきあってるんでしょ」

もうバレてるんだから、いいかげんに自分の口から言いなよ。言外にそう匂わせながら追及すると、M子は「えー、そんなことないよ」と困ったように笑いました。

M子は昨年の夏、社会人の男とつきあって彼の部屋に入り浸り、手ひどい別れを経験しています。そしてそのことは、私しか知りません。

だから学校におけるM子は「彼氏が初めてできた」女の子であり、全体的に微笑《ほほえ》ましく受け止められていました。

けれど、私は知っています。M子が彼の部屋で初めてセックスを経験し、さらに二股をかけられていたことを。そして二股の事実を知りながら彼の部屋に日参し、手編みのマフラーやセーターをドアノブにかけてきたことも。

しかしなぜ去年は話してくれたのに、今年は話してくれないのか。私にはその理由がわかりませんでした。そして考えた結果、私はあることに思い至ります。

M子は、去年のことをなかったことにしたいのではないか。

なぜなら今度つきあうのは、同じ学年の男子です。そんな彼に社会人とつきあった経験など、知られたいはずがありません。

でも、だからといってそれで私を蚊帳《かや》の外におくというのはいかがなものか。わざとらしく嘘をつき続けるM子と接するうち、私の中にいじわるな気持ちが湧き上がってきました。

そこであるとき、私はN男に向かってこう言ったのです。

「M子はもう、処女じゃないよ」

そう言うと、N男は目に見えて青ざめました。そしてほどなく、二人は別れたという噂が流れました。M子はなぜ自分がふられたのか皆目《かいもく》分からず、ここに至ってようやく私に泣きついてきました。

ただ、ここで予想外だったのは、N男とM子が身体を重ねていたことです。しかもそれは、私がN男にあの事実を告げたあとのこと。

「すごく冷たくなったけど、それで仲直りできるかと思ってしたのに」

そう言ってM子は涙を流します。

「なのに終わったあと、もっと冷たくなった」

それを聞いた瞬間、私の中で何かがざわりとうごめきました。

性交の場という、ひめやかな二人きりの時間。その中で、N男の中に立ち上がってくる私の存在。N男はおそらく、私の言葉を検証するためにM子を抱いたに違いありません。つまりM子は、私の影につきまとわれながら脚を開いていたのです。

私は激しく興奮しました。そしてそれ以来カップルを見つけると、機会があるたびに「あの子はもう、処女じゃないよ」と男子たちの耳に囁《ささや》くことにしたのです。

本当か嘘かは、もはやどうでもいいことでした。ただそう囁かれた瞬間、男は拭いきれない疑惑を抱えたまま彼女とつきあうことになります。その葛藤。そして秘め事の最中に思い出される、私という存在。想像するだけで、たまりませんでした。

これでもし私が不細工だったなら、ただの嫉妬深い悪者とそしられたことでしょう。しかし幸いなことに、私は容姿に恵まれていました。

女子たちがひそひそと私の噂をします。もしかしてあの人が、と言われていました。でも証拠なんてありません。私に囁かれた男子は、彼女が非処女であるという疑いを口にしたくなかったため、だんまりを決め込んでいましたから。

私はそれを『いじわるゲーム』と名づけて、長らく一人で楽しみました。そして大学生になったとき、とある場所でN男に再会したのです。N男は高校時代よりもあか抜けていて、私はどきどきしました。

しかしN男は、いきなり私に向かってこう言い放ちました。

「お前、高校の頃からずっと男が好きだったってホントかよ？」

これはやられました。私にすべてを打ち明けていたM子は、私の秘密もまた彼氏に打ち明けていたのでしょう。しかしこの秘密が広がらなかったところを見ると、やはりN男もまた保身に回っていたに違いありません。

そこで私は彼に向かって、さわやかに微笑みます。

「なんだよ、それ？　僕に振られた腹いせに、女子がひどいこと言ってたのは知ってるけどさ。そんなことだったのか」

そう、私はN男に「相手が社会人だった」ことなど、話していません。ただ彼の耳元で、「M子はもう処女じゃない」と囁いただけです。その相手を私だと誤解するのは、向こうの勝手です。

けれど私の反論のおかげで、N男の最後の疑念は崩れ去りました。

「そっか。M子とお前ってずっとつるんでたもんな。あいつ、お前に振られて俺とつきあうことになったから、お前の悪口言ってたのか」

「そういうことだね。あんまりいい性格じゃないから、僕も君に忠告しちゃったけどさ」

「悪かったな。でもおかげで性格ブスとつきあわずにすんだよ」

どういたしまして。僕らは笑い合うと、並んで歩き出す。

「にしてもお前、よくモテてたよなあ。今でもそうなんだろ？」

「N男の方が恰好いいって」

僕がにっこりと微笑むと、N男はまんざらでもなさそうな表情で僕の肩を叩きます。

「何言ってんだよ。お前、女みたいに綺麗な顔してるからそういうこと言うと、どきっとするじゃないか」

「そっちこそ何言ってんだか」

それともなに、あれ以来誰かと寝ようとするたびに僕のこと思い出すとか？　からかうようにたずねると、N男はぎくりと口を閉じました。

おやおや、これはもしかして、もしかすると。

私のゲームは、まだまだ続いているようです。

怖い話　Fearful Tale

さてと、なんか二人になったね。でもまだ終電まで時間はあるし、君の友達はあっちで僕の連れと話し込んでる。

なんだかねえ。あぶれたって感じだよね。まあしようがないから、とりあえず飲みながら話でもしようか。

何がいいかな。とりあえずこういうとき、宗教と政治の話はしない方がいいらしいね。恋愛ネタはあっちの二人に任せるとして、まずはお天気からはじめる？

最近、雨が多いよね。僕は折り畳み傘を忘れることが多いけど、君はどう？　え？　歩き方が下手？　ああ、だから今日もふくらはぎに泥がついてるのか。

僕も傘を忘れたから、ずぶぬれになったよ。それにしては濡れてないって？　それはそうさ。着替えたからね。だって今日は、「素敵なひとに会わせてやる」って言われてたんだ。だからさ、店で一式買っちゃった。ああいうところで「このコーディネートをそのままください」ってやるのは、結構恥ずかしいね。でも自分で考えてる時間もなかったから、しようがなかったんだ。恰好いい？　ありがとう。着替えた甲斐《かい》があるね。君も素敵だよ。ん？　それも「そのままコーディネート」なんだ。へえ、なんか同じだね。運命かも。乾杯しようか。

運命っていえばさ、こないだ選挙があったよね。あれってさ、本当に自分の投票したぶんがカウントされてるのかなって不思議にならない？　え？　そもそも投票に行ってない？　そうなんだ。投票とか興味ない？　へえ。まあそういう人もいるよね。

僕はそういうの、好きな方。だってなんかさ、当選する人って、まるで最初から「そういう運命でした」って顔してない？　政治家っぽい顔っていうかさ、むしろ政治家っぽい顔をしてたから、政治家になった、みたいな。

だからなのかな。芸能人だって、政界に入るといきなり顔が「政治家」って感じになる。それで政治家の集合写真とか見ると、なんか皆同じ顔で、どっかの大家族みたいなんだよね。面白いよね。

あ、ごめん。政治の話はしない方がいいんだっけ。じゃあ夏だし、怖い話とかしてみようか。好き？　あ、よかった。

君が怖いものは何？　僕は夜、ちょっとだけ開いてるドア。襖《ふすま》もやだね。なんか手とか出てきそう。え？　ノック？　ああ。ワンルームマンションで、玄関のドアまでの間にドアがないと、怖いよね。扉一枚って感じでさ。ん？　君の家も同じ？　まあよくあるもんね。ワンルームなら、そういうの。

ところで友達から聞いた話だけどね、知り合いが交通事故にあったんだって。怪我はたいしたことなかったけど、事故以来、なんかおかしなものが見えるようになったらしい。

見えるのは、透明なゼリーみたいなものだって。ぷるぷるしてて、遠目には和菓子みたいだったらしいよ。おいしそう？　だよね。僕もそう思う。

そのゼリーはさ、動くんだって。ゆっくり道を横切っている姿を見て、その人は首をかしげた。あれは、なんなんだろう？　そう思ってる間に、ゼリーはゆっくり道の向こう側に消えた。でも、その人の連れにはそれは見えてなかったんだって。

ゼリーのことを言うと、連れはその人が冗談を言ってるんだと思った。でもあんまり何度も繰り返すから、ついにはこう言ったらしいよ。

「それ、妖精なんじゃない」

さて、ゼリーは本当に妖精だったのかな。

オチがない。怒った？　そうだね、確かにこの話にはオチがない。でも、それってきっと本当の話だからだよ。現実には、オチなんてつかない話の方が多いからね。

じゃあ、オチがある話もしようか。

これは僕が経験したこと。一年前、僕は今日みたいにどこかの店でこうやって女の子と喋っていた。彼女じゃないよ。その日、そこで会ったんだ。

その子は言った。「ムカつく女がいるの」

それは彼女の同僚で、彼女から彼氏を奪ったのだという。彼女はとにかく怒っていて、何杯もお酒を飲んだ。そして段々言うことが過激になっていった。

「死ねばいい」

何度も何度も繰り返したよ。正直、聞いてるこっちの気分まで沈んできた。でも僕が席を立とうとしても、腕を摑《つか》んで離さないんだ。

「そうだね。そんなひどい女、死ねばいいよね」

しようがないから適当に相づちを打つと、彼女はもの凄く喜んだ。

「うんうん、死ねばいい。死ねばいい。死ねばいい」

何度も繰り返してるうちに、僕までそんな気になってきた。だってその女は、彼女の心を殺したんだから。しかも、彼氏がいるくせに他の男にも思わせぶりな態度を取るらしい。最低だよね。だって相手の男だってだまされてるんだから。

まさか、君には彼氏はいないよね？　ああそう、よかった。

でも、顔色が悪いね。この話、つまらなかった？　もう一杯貰おうか。

とにかくオチまでは聞きたい、と。じゃあ続けるね。

僕が「死ねばいい」って言ったら、彼女は「それならあなたが殺して」って返した。僕もそうしてあげたいのは山々だったけど、殺人犯になるのは困る。だから、死なない程度のことなら、という条件で力になることにした。

でもさ、それって僕も酔ってたからなんだよね。家に帰って冷静な気分になったら、まずい約束しちゃったなって思ったよ。

けど、彼女は本気だった。

翌日から携帯に『あの女』ってタイトルのメールが届くようになったんだ。名前、住所、メールアドレスみたいな基本情報からはじまって、家から駅までのルートや、終業時間、それによく寄るコンビニまで書いてあった。

調査会社とかに依頼したのかもしれない。でも、そういう会社に復讐は依頼できないから、僕に頼ったのかもね。

でも、よく知らない人にひどいことをするのもどうかなって思うよね。だから僕は、できるだけ実害のないことをすることにした。

ドアにね、小石をぶつけるんだ。それも早朝。

夜中に音がしたら怖いし、ドアから外を覗いて人が立ってたら怖いでしょ。でも早朝なら目覚ましがわりにもなるし、人もいないし明るいから怖くない。むしろ起こしてあげて親切？みたいな感じだよ。

冷房が効きすぎてるのかな。寒い？　スピリッツを頼もう。好きだよね？

まさか、君の部屋の前に小石があるとか言わないよね。そんなベタな怪談みたいなこと、あるわけないよね。だってこれ、僕が今ここで作った話だもん。

え？　本当に？　嘘だろ。

偶然にしちゃ、すごいね。ていうか、怖いね。

これ、僕の夢だったりしないよね。

実は動くゼリーも知ってる？　なにそれ。こないだ読んだ本に載ってた？　マジで？　僕、小説の才能あるのかな。

じゃあさじゃあさ、今彼氏はいないって言ってたけど、ちょっと前にいたりして。

でもってその彼氏は、彼女と別れて君とつきあったりしてたんじゃない？

まさか。本当に？　いや、それはさすがにちょっと怖いな。

運命どころの騒ぎじゃないね。騒ぎっていえばさ、昨日の夜、床にシャンプーこぼしちゃってさ、大変だった。『手触り、つるん』が売りのやつだったからさ、床がつるつるして、危ないったらなかったね。気を抜いたら、後頭部を打って死にそうな感じ。

なんか、震えてるよ。やっぱり寒いんじゃない？　店の人に言って、冷房を弱めてもらおうか。あとホットラム一つね。

大丈夫？　なに？　よく聞こえなかった。『手触り、つるん』は女性用のシャンプーだって？　そうだね。でも僕が買ったわけじゃないよ。僕の彼女が、僕の家に置いてるんだ。

ああ、うん。ごめんごめん。そうなんだ。僕には彼女がいるんだよ。

ほっとした顔、してるね。ひどいなあ。僕はタイプじゃない？

え？　前につきまとわれたことがある？　そういうことなら、しようがないね。

しかも『手触り、つるん』を昨日こぼした？　うわあ、なんだろうね。

もしかして僕ら、つきあってるんじゃない？　でなきゃ生き別れた双子とか。

冗談だよ、冗談。

でもさ、似てるよ。僕にじゃなくて、僕の彼女に。二人とも、政治家顔なんだよね。そうそう、政治家。僕の彼女は、区議会議員だけどね。君もでしょ。区は違うんだよね。でも、知ってるよ。どこかの公報で見たことあるよ。

つきあってたのって、都議会議員だよね。あの人、『手触り、つるん』の匂いが好きだって僕の彼女が言ってたよ。

やっぱり寒いんでしょ。それとも病気？　指先が震えてるのは、アルコール依存症だからかな。ラム、瓶から直接飲んだら？

僕？　僕は別に政治家じゃないよ。一般市民。

情報を知ってるのは罪じゃない。君の部屋に石をぶつけたようなノックの音が響いたのも、君が毎日一話ずつ読んでる短編集の内容と同じ話をしたのも、君の部屋に昨日シャンプーがぶちまけれられていたのも、偶然だよ。

依存症をどうして知ったって？　ネットだよ、ネットで見ただけ。

君の秘書も、あっちで酔いつぶれてるよ。まあ、つぶされたんだろうけど。

なにこわがってんの？　いやな顔する必要なんて、ないじゃない。喜びなよ。だって君が、怖い話を聞きたいって言ったんだからさ。

別に僕は、マスコミとか関係ないから。政治にも首を突っ込む気はないし。

それに、こういうとき政治と宗教の話はタブーだしね。

宗教って言えば、君は宗教法人と仲いいみたいだね。信じてるの？　ああ、お金を信じてるのか。それは健康的だな。僕もお金は大好きだよ。

何がしたいの？　別に、何も。

ただ、僕は僕の彼女のお願いを、できるだけかなえてあげたいって思ってるだけだよ。あと、君の元カレからもちょっとしたお願いをされてるけど。

帰りたい？　うん、止めないよ。でも、足もとには気をつけてね。今日みたいな雨の日は、ヒールの踵《かかと》が折れて、転んだりするから。洋服を買うだけで済んで、本当によかったよね。ま、そのあと跳ねはあげてるけど。

本当に、足もとには気をつけないと。君は毎日酔っぱらうから、家の床がぬるぬるしてたら命に関わるよ。

シャンプーだけとは限らないからね。

じゃあ、また。

キグルミ星人

Kigurumi Alien

休日。娘の手を引いて、買い物に出た。

「いい天気だねえ」

秋晴れの商店街は賑々《にぎにぎ》しい飾りに包まれ、ちょっとしたお祭りのようになっている。

「あれ、なに？」

言葉を覚えはじめたばかりの娘が、福引き用のぐるぐる回る装置を指さしてたずねる。

「うーん。あれはねえ、回すとちっちゃいボールが出てきて、その色で当たりかどうかがわかる器械だよ」

「じゃあ、あれは？」

万国旗の飾りを指さして、たずねる。

「あれは、色々な国の国旗だよ」

「『こっき』って、なに？」

「ううーん、その国のしるしを、旗に描いたもの、かな」

言葉自体は知っていても、それを幼児にも理解できるよう翻訳するのが難しい。

これは、自分が子供を持って初めて知ったことのひとつだ。

けれど既存の単語について「なぜ」から考えることは、けっこう新鮮だと日々感じている。なぜなら、自分が辞書の編纂者《へんさんしゃ》になったような気がするから。

娘という、一冊の辞書。そこにはまだ、私の教えた言葉しか記されていない。そのことに、私は少しだけ畏怖を覚える。今ならまだ。

「りーちゃんママは真面目だね」

「え？」

突然声をかけられて、振り向く。けんたくんママだ。

「子供の『なになに』にいちいち答えてたら、大変だって。『こっき』は『こっき』で、いいんじゃない？」

派手なスカジャンを着たけんたくんママは、娘と同い年のけんたくんの頭をぐっと摑《つか》む。

「ほらけんた、『こんにちは』は！」

「こんにちわあ」

無理やり頭を下げさせられたけんたくんが、不満げに声をもらした。

「こんにちは、けんたくんとけんたくんママ」

娘はそんなことに気づかず、ぺこりと頭を下げる。

「うわあ。やっぱ、りーちゃんはえらいねえ。うちのバカとは大違い！」

「そんなことないと思うよ？　女の子は発達が早いって言うから」

本当は、けんたくんの言葉の遅さに気づいてはいた。でもそれを口にしてどうなるものでもないので、とりあえずフォローしておく。

こういう気づかいも、子供を持って初めて知ったことだ。


子供が生まれてから、世界が広がった。

ベビーカーでも買い物がしやすいから、これまで買い物をしたことのなかった路面店に入るようになった。八百屋《やおや》に肉屋。スーパーでも、子供好きで話しかけてくれる人がいる。かかりつけの小児科医に、歯が生えてくれば歯科医。そして近所で顔を合わせるうちに、増えてゆく『ママ友』。

別に友達なわけじゃない。でも、知り合いというには共有する情報の密度が濃い女たち。

「ねえ、りーちゃんはインフルの予防接種もうやった？」

「まだ。今週予約を入れようかと思ってて」

「だったら早めにした方がいいよ。今年はワクチンが品薄らしいから」

そうなんだ、とうなずきながら頭に刻み込む。ワクチン品薄。

子育て中の狭い世界において、情報は貴重だ。それもネットやテレビで仕入れたようなものではなく、近所の生の情報というものは、人と顔を合わせていなければわからない。

けれどその情報を得るためには、こちらも手の内をさらさなければいけないというリスクがともなう。

「りーちゃん、去年すごい風邪ひいてたよね。気をつけた方がいいよ」

「ありがとう。けんたくんは丈夫でうらやましいな」

「これはバカとなんとかってやつよ。ところでりーちゃんママ、お休みの日に二人だけって珍しいね」

「うん。ちょっと今、仕事が忙しいらしくて」

言いながら、気分が沈んだ。これだから近所は油断ならない。

「ふうん。りーちゃん、パパいなくてつまんないねえ」

けんたくんママは、無邪気な人だ。裏表がなく、わかりやすい。でも、悪くいえば無神経。そういう人だ。

「うちはいっつもパパいないいしい〜」

おどけたけんたくんの頭を、けんたくんママははたく。

「しょうがないんだよ！　これから物入りなんだから」

日常のこういう仕草が、けんたくんを乱暴者にしていることにけんたくんママは気づかない。

「もう、やんなっちゃうよね。ただでさえゆとりがないっていうのに」

「いいことじゃない。けんたくんだってお兄さんになったら、すごく成長すると思うよ」

「そう？　マジでそう思う？」

けんたくんママが、ふと不安そうな表情を覗かせる。

「もちろん。お金じゃ買えないしあわせって、こういうことを言うんじゃないかな」

それを聞いて、けんたくんママはほっとしたように笑みを浮かべた。

「だよね！　ありがと！」

子供を持つ母親には、『初めて』という名のハードルが次から次にやって来る。初めての妊娠、初めての出産、そして初めての子育て。それを必死でぴょんぴょん飛び越えているうちに、時間が過ぎる。

必死だから、何が正解だったかよくわからない。

だからこそ、せめて同じ場所で戦っている相手には肯定してもらいたいのだ。

頑張ってるね。あなたは間違っていないよ。大丈夫。

それがママ友に対する礼儀というものだ。

たとえ、これっぽっちもそう思っていなくても。

「あ。そういえばさっき、この先の広場で着ぐるみのショーをやってたよ」

「本当？」

娘はぬいぐるみが大好きで、毎日クマやウサギをお腹の辺りに抱えて部屋をうろうろしている。

「確かもうすぐ午後の部がはじまると思うよ。行ってきたら？」

「ありがとう」

けんたくんとけんたくんママに手を振って、私たちは広場に急ぐ。

「ねえママ」

歩きながら、娘がふと思い出したようにたずねた。

「けんたくんのママのおなか、おっきかったね」

「そうね」

「あそこには、なにがはいってるの？」

「赤ちゃんがいるのよ」。そう、答えるはずだった。

なのになぜか、口が勝手に動いてしまった。

「――ぬいぐるみを入れてるんじゃないの」

「えー？　そうなの？」

娘とつないだ手が、じっとりと汗ばんだ気がする。

「ねえ、次は考えてないの？」

姑と実母、双方に違うタイミングで聞かれた。二人とも、悪意はない。今どきのおばあちゃんらしく、強制的なニュアンスもない。

でも、このハードルは高い。高過ぎて、目眩《めまい》がしそうだ。

だってこればっかりは、一人じゃどうにもならない。

広場に近づくと、司会の声が聞こえてくる。

「それじゃあ、良い子のみんなに約束だよ？　キグルミ星人はデリケートだから、近くに来たら優しく触ってあげてね！　でないと、泣いてお星さまに帰っちゃうからね！」

はーい、と元気よく返事する声。広場の中心には、イヌやネコ、それにクマなどの着ぐるみが子供に取り囲まれている。

「キグルミ星人は、とっても優しくて、子どもがだいすき！」

なるほど、着ぐるみを『人間ではない何か』として表現するのに、異星人とするのはなかなかいいアイデアだ。

「……キグルミせいじん？」

娘が首を傾げたので、さっそくそれを使わせてもらうことにする。

「そう。あのおっきなぬいぐるみさんはね、『キグルミ星人』っていって、遠いお星さまから来たんだって」

「ふうん。ねえママ、あれ、さわりたい！」

「いいわよ。じゃあ行きましょ」

すでに着ぐるみの前には、子供がわらわらと群がっていた。ほとんどが男子で、しかも列も作っていない。どこから娘を入れてやろうかと悩みながら観察していると、あることに気づいた。

「中に人がはいってるんだろ？　おれ知ってるー！」

「おれもー」

そう言いながら、彼らは着ぐるみの身体を乱暴に触りまくる。

「チャックどこだよー」

「ボタンじゃない？」

どうやら、着ぐるみを脱がせようと着脱口を探しているらしい。そして当の着ぐるみは、しゃがみこんでウサギのような頭部を両手で支えていた。子どもを乱暴に振り払うことは、禁じられているのだろうか。

「ママ……」

娘はその雰囲気を察して、私の手をぎゅっと握る。

「かわいそうね」

私は子どもの群れに向かって、声をかけた。

「ねえぼくたち、そんなことしたら、キグルミ星人が泣いて帰っちゃうよ」

「そんなことないよ。だってこれ、人だもん」

言いながら、いかにもやんちゃそうな子が三角定規で着ぐるみの腕を突く。

「そんなことしたら、痛いよ！」

勇気を振り絞って、娘が叫んだ。

「痛いと、パパみたいに帰ってこなくなっちゃうんだから‼」

その悲痛な叫びに何かを感じ取ったのか、男の子たちは着ぐるみの側《そば》を離れた。

その中の一人が、去り際に言い放つ。

「それ、ただの服だもん。痛くねーよ」

娘はその子をきっと睨みつけると、着ぐるみに駆け寄った。

「だいじょうぶ⁉　痛くない？」

言いながら、腕の辺りをさすろうとして悲鳴を上げる。

「ママ！　キグルミ星人さん、怪我してる！」

「え？」

まさかと思いながら近寄ると、突かれた場所から血のようなものが出ていた。とっさにウサギの顔を見ると、おかしなことに大きな黒目はしっとりとうるおって、まるで生き物のそれのように見える。

――涙？　そんな馬鹿な。

でも、つぶらな瞳は確かに濡れているようだ。

「ばんそうこう、はってあげなきゃ！」

ママ、出して。言われるがままにバッグからバンドエイドを出して、娘に渡す。傷口を見ると、ふわふわとした毛の奥に、皮膚らしきものが見える。素材を突き破ってしまったのよ。きっとそうよ。自分に言い聞かせるようにして、私は立ち尽くした。

「はい。これでだいじょうぶ。もう泣かないでね」

娘がバンドエイドを貼ると、着ぐるみは立ち上がって娘を抱き上げる。

「もう、帰っちゃやだよ」

その言葉に、胸が突き刺されたようにずきりとうずいた。

もう帰る。ここには来ない。

夫という名のあの男は、そう言い捨てて出ていこうとした。家だったはずの場所を、「来なければならない」おつとめの場だと宣言した男。私は泣きながら定規、ではなくテレビのリモコンで彼を打った。それが先月の話。

そう言えば、あの男からは血も出なかったな。そんなことを、ぼんやりと考える。以来、私は娘と二人きりで暮らしている。


頭に、ぽふりとしたものが載せられた。見上げると、ウサギが娘を片手で抱いたまま、小首を傾げて私を見下ろしている。

思ったより大きいんだ。

「ダイジョウブ?」

不思議なイントネーション。もしかして、外国人でも入っているのだろうか。

「あ、大丈夫よ。ありがとう」

言い終わる前に、顔がふわふわに押しつけられた。背中をぽんぽんと叩かれて、ハグされているのだとわかる。すごくあたたかくて、やわらかい。

知らず、涙がこぼれた。

こっそり毛で拭ってしまおうと頬をすりつけると、おかしなことに皮膚と肉が連動するような感触があった。まさか。

身体を離してウサギを見上げると、動くはずのない口が小さく開いた。

「ナイショ」

その言葉に、私より先に娘が反応する。

「うん。ぜったいないしょにするね！　だからまた遊んでね！」

呆然と立ち尽くす私の背中を、ウサギの手がゆっくりと撫《な》でる。ふわふわの優しい感触は、何度も上下を繰り返しながら、いつしか背中と呼ばれる領域を過ぎた。

「え？」

離れそうになる私の身体を、その手はやわらかく制止した。ウサギはもう一度、かすかな声で囁《ささや》く。

「ナイショ」

身体のS字ラインをゆっくりとなぞられながら、私はぼんやりと思った。

キグルミ星人って、裸なのかしら。

勝負 Winner

俺は毎日、勝負をしている。

決まった時間に、決まった席に座り、そのときが来るまでじっと待つ。勝負は、ギリギリのリミットを競うチキン・レース。先にビビった方が負けだ。

『次は○○前、○○前。こちらでお降りの方は、降車ボタンを押して下さい』

車内アナウンスと共に、降車を告げる押しボタンの音が響く。やがてバスは停まり、ほとんどの客がここで降りてゆく。

俺とじいさん、二人だけを残して。

ドアが閉まる。バスが、ゆっくりと動き出す。ここからだ。次の停留所までは、三分もかからない。商店街を過ぎ、信号を抜けたところから本当の勝負がはじまる。

ワンブロック。俺たちはどちらも動かない。角で曲がる。まだ動かない。ここで車内アナウンスが流れる。

『次は○○、○○。こちらでお降りの方は、降車ボタンを押して下さい』

直線に入り、遠くに停留所が見えてくる。俺はちらりとじいさんをうかがう。いつものように、ポーカーフェイスですっとぼけている。「ここで降りる気はないよ」とばかりに、前を見つめたままで。

前はそれにだまされた。けど今は、そうはいかない。

じいさんは、押しボタン――いや、あえて呼ぼう、「ピンポン」と。そのピンポンに、静かに手を伸ばす。下から、そろりそろりと。まるでかたつむりが木の幹を上るように。

ポーカーフェイスの横で、人知れず上を目指す指だけが動いている。じいさんのこの『スネイル・フィンガー』に、俺は何度もだまされた。

停留所が、迫ってくる。あと二百メートル。俺はぐっと拳を握る。

あと百メートル。素人なら、ここで絶対に押してしまう。

「通り過ぎてしまうかも」という不安と、「負けたくない」という気持ち。そのせめぎ合いが、ぐんぐん高まってくる。

あと五十メートル。じいさんの指が、ピンポンにたどり着いた。
でも、まだ押さない。押すわけがない。
あと四十メートル。拳の中が汗ばんできた。
あと三十メートル。バスがブレーキをかけてから停まるまでの、制動距離を考える。
あと二十メートル。目印の病院をすぐ先に確認した。
もう、ダメだ。あと三秒待ったら、バスはこの停留所をスルーする。
一——俺はピンポンに指を伸ばす。
二——負けたくない。病院を通り過ぎた。
三。
車内に響き渡る音。
負けた。
（……ちっくしょう‼）
俺の指は、めり込むように深くピンポンを押してしまっていた。
ピンポンを押したら負けだ。でも、ピンポン自体を押したくないわけじゃない。

小さい頃は、とにかくピンポンを押したかった。でもそれはガキ全般に共通することらしく、今でもバスに乗っていると「ピンポン押すー！」というガキの叫びが聞こえてくる。

初めて一人でバスに乗ったのは、小学生のとき。俺はボタンを押したくてたまらなかった。だから前の停留所でドアが閉まるやいなやボタンを押して、大人の失笑を買っていた。

車内の攻防に気がついたのは、中学生になってからだった。すべてがだるくてださくて、くだらなく感じていたとき。もはやボタンを押すことに何の喜びもなくなった俺は、ただ漫然とバスに乗っていた。指を上げるのすらたるくて、もういっそ終点まで行っちまえと、一番後ろのベンチシートでだらけていた。

そうしてぼんやり車内を見ていると、おかしなことに気がついた。

大人は、いや、ある種の大人は、ピンポンをぎりぎりまで押さない。

俺は不思議に思った。そしてよく見てみると、そういう人々はボタンを押したがっていないのだとわかった。なぜだろう。でも、とある停留所直前でボタンを押したおっさんの顔を見て、俺はその理由を直感的に理解した。

悔しいのだ。そして、悔しいということは負けたと思っているのだ。

理由は、他にもあるかもしれない。「子供が押したいだろうから、ギリギリまで我慢していた」とか「潔癖性で、公共のボタンに触りたくない」とか。

でも、ピンポンを押さない人というのは、予想外に多かった。そして年齢も性別も、バラバラだった。「仕方ない」という顔で押してゆくOL風の女に、舌打ちをするサラリーマン。ばあさんまでもが、「やれやれ」と言いながら、制動距離ギリギリのところでボタンに指を伸ばした。

『お前が降りるのは知ってる。だったらてめえが押しやがれ』

そんな声が、聞こえてくるようだった。

一方、そんな攻防には一切気づかない人々がいる。ピンポンに対して、何の思い入れもなく、ただ自分が降りたい場所で自然にボタンを押して、自然に降りてゆく。そういう普通の奴らが、「そうじゃない」奴らにとっては不確定因子になるわけだ。

不確定因子があるからこそ、勝負は面白くなる。

ギリギリのところで「あ、いっけない！」なんて言いつつボタンを押すババア。いい感じに緊張感が高まったところで「次降りるから、押してね」とガキに告げる母親。

そして勝負は、朝と夕方のラッシュ時が特に面白い。通勤や通学で、毎日乗り合わせる面子《メンツ》が揃い、互いが降りる場所を知っているから盛り上がるのだ。特に朝は、名勝負が多い。セカンドバッグのおっさんと毛玉ベストのばあさんが繰り広げた『区民センター前の一騎打ち』など、背筋が震えるようだった。

勝負の後、停留所に降りた二人をギャラリーが固唾《かたず》をのんで見送る。するとばあさんは、敗れたおっさんの背中をそっと叩いた。ギャラリー全員、心の中で拍手喝采。以来この時間のこの路線では、勝者が敗者に触れるというルールができた。

この攻防に気づいてから、俺は学校に通うのが楽しくなった。電車通学の奴にはわからない、このスリル。ましてや自転車や徒歩の奴になんて、理解すらできないだろう。

それは、静かに燃える青い炎。わかる奴だけにわかる、熱い勝負のひとときなのだ。

ただ残念だったのは、俺は片道しか勝負に参加できないということ。俺の学校は終点の近くにあったため、行きは最後まで乗っているしかないのだ。そこで帰りに勝負をかけるわけだが、それがまた微妙だった。

俺の降りる停留所は、終点の一つ手前。そしてこの路線の終点は『車庫前』。つまり、乗客はそれまでのどこかでほとんど降りてしまうということだ。

勝負をしようにも、相手がいない。車内を見回すと、前の方にじいさんが一人ぽつんと座っているのが見えた。あれじゃ相手になんないな。そう思っていたら、じいさんは俺の押したピンポンで、悠々と同じ停留所で降りやがった。しかも、すれ違いざま俺の肩に軽くぶつかってきた。これはまぎれもなく、勝者の行動だ。

やりやがったな。

その日から、じいさんが俺の相手となった。

今日は負けたくない。俺は静かに携帯電話を鞄に滑り込ませる。両手を軽く膝の上で握って、ポジショニングは完了。あとは無関心を極限まで装った末、人差し指を光の速さで動かすだけ。『ライトニング・フィンガー』が、俺の得意技だ。

終点の二つ手前の停留所で、いつものように二人きりになる。高まる緊張感。アナウンスが流れ、直線に入った。そのとき。

いきなりじいさんが、ピンポンを押した。

(なんだそれ!?)

思わず声を上げそうになると、じいさんが立ち上がって叫んだ。

「止めてくれ! そこの角に、人が倒れてる!」

「え？」

俺と運転手が、同時に声を上げた。するとじいさんは運転席に詰め寄り、歩道を指さした。

「そこだ、そこ！」

急停車するバス。ドアが開くと同時に、じいさんが降りる。そして俺もつられるようにして、降りる。

倒れていたのは、中年のおばさんだった。閉まった店のシャッターにもたれるようにして、ぐったりとしている。

「大丈夫ですか？」

じいさんは、迷わずそのおばさんに声をかけた。するとおばさんは顔を上げて、小さな声で「病院」と言った。

「……そこの病院に行こうとしてたのかな」

俺がつぶやくと、じいさんが初めて俺を正面から見た。

「バスに運ぶぞ」

「え？」

「他に車はない。救急車を呼ぶ距離じゃない。でも背負ったら遅い。違うか」

確かに、他に車はいない。俺はうなずくと、おばさんを背負うようにしてバスに向かった。

幸い、バスのドアは開いたままだった。運転手も事態を察して待ってくれていたらしい。俺たちが後ろのドアから再び乗り込むと、じいさんが「そこの病院前の停留所まで進んでくれ」と告げた。

運転手がうなずき、バスは素早く発進した。

おばさんを降ろすときは、運転手も手伝ってくれた。三人で病院のドアをくぐると、じいさんが「ヒマだから、私がつきそうことにしよう」と言った。「あんたは会社に報告する義務があるだろうし、あんたは学生さんだ。二人とも忙しいだろう」

運転手は戸惑いながら、「もし何かあったら」と俺たちに名刺を渡した。

翌日。俺が降りる一つ手前の停留所で、やはりほとんどの人が降りた。今日こそ。いや、今日しかない。俺はこの勝負に、すべてを賭ける。

近づいてくる。今日は倒れている人もいない。

あと三十メートル。じいさんの手が、ピンポンにかかっている。

あと二十メートル。勝負に出るか。

あと。

そのとき、車内にピンポンの音が響き渡った。

勝った？　でも、じいさんにしては早すぎる。

また何かあったのかとじいさんを見ると、じいさんも驚いたような顔で、俺のことを見返した。

その指は、ピンポンを押していない。

「え？」

「え？」

首を傾げている間にもバスは停留所に近づき、ゆっくりと停車した。でも、ドアが開かない。

「お客さま」

運転手が席を立って、こっちに近づいてくる。

「あんたが押したのか！」

じいさんが、驚いたように声を上げた。

「運転手なら、押さなくてもバスを止められるだろ！」

渾身の勝負を邪魔されたせいで、俺は腹が立っている。しかし運転手はにこにこ笑いながら、じいさんと俺に何かを差し出した。

「お二人とも、昨日は本当にありがとうございました。これ、私からの感謝の気持ちです」

「昨日も今日も、なんなんだよ」

社名の入ったタオルを受け取りながら、俺はつぶやく。

「……この時間に乗るの、今日が最後だったのに」

「ああ、そういう季節か」

じいさんが、遠い景色を見るような表情で俺を見た。

卒業。もうこの時間の、この路線に乗ることはないだろう。これが、最後の勝負だった。だから、勝ちたかった。

恨みがましい目で見上げると、運転手はにっこりと笑う。

「私もですよ」

「どういうことだよ」

「春の人事異動で、違うルートに配属されることに決まりました。だから私も、今日が最後の乗務なんです」

「ああ、社会人にとっても、そういう季節だな」

じいさんは、少し寂しそうにうなずいた。

「残るのは、私だけか」

なんとなく、じいさんが小さくなったような気がした。だからつい、甘い言葉をかけた。

「――あんたとの勝負、楽しかったよ」

しかしじいさんは、ふっと顔を上げて言い放つ。

「相手が、お前さんだけだとでも思ってるのかね」

「なんだよ、それ」

「老人はヒマだからな。色々な時間帯に、様々な好敵手《ライバル》がいる。だから腕も磨《みが》かれる。そういうことだよ」

「ずりい！」

「ズルは大人の特権だ」

しれっとした顔で、じいさんはうそぶいた。

「でもまあ」

「ん？」

「お前さんは、悪くない相手だったよ」

言われた瞬間、俺はちょっとぐっときた。卒業式なんかより、こっちの方がずっとやばい。

でも、ライバルの前で情けない姿をさらすわけにはいかない。

「新しい通学路で、あんた以上の奴を探すのは難しいかもな」

「さあて。このくらいのレベルなら、そこらにいくらでも転がってるだろう」

じいさんと俺は、にやりと笑いあう。互いを認めあった好敵手。この先の勝負で、こんなに素晴らしい瞬間は二度と訪れないかもしれない。

そんな俺たちに向かって、運転手が声をかける。

「さあ、ドアを開けますよ。本日までのご乗車、誠にありがとうございました」

いつものようにプシュンと音がして、ドアが開いた。つかの間ためらう俺たちの背中を、再び席から出てきた運転手がぽんと押した。

「おっとっと」

その反動で階段を降りた俺たちに、運転手が告げる。

「私の負けで、勝ちですよ」

勝負を総取りした野郎に向かって、俺とじいさんは声を限りに叫んだ。

「ずるいぞーー!!」

バスは、ゆっくりと去っていった。

カフェの風景　Please Please Please

冬の午後。もうすぐ夕暮れ時という時間。繁華街の片隅。どこにでもあるようなセルフサービスのコーヒーショップで、三人の女が窓の外を見ている。

「ねえ、あのカップル、釣り合いひどくない？」

「最近多いよね。デブとかブスなのに、堂々と彼氏と腕組んでるようなオンナ」

「若けりゃいいって感じ？」

女たちは、若くはない。けれど中年というほどの歳には見えない。

「若さしか能がないんだから、今のうちに捕まえるしかないんでしょ」

「ああいうのに限って、バカみたいに子供産むんだよ。何の考えもなしに」

「だよねえ。いるよ、うちの会社にも。相手も収入が少ないのに妊娠して、だから『ギリギリまで働かせて下さい』とか言ってる」

「あんたの出産費用のために、会社は動いてないっての」

笑い声。そのとき、窓の外を家族連れが通りかかる。スーツ姿の男がベビーカーを押し、トレンチコート姿の女が笑っている。女たちの間に、つかの間沈黙が落ちる。

「――あたし、ああいうの、大ッ嫌い」

一人がつぶやくと、残った二人も静かにうなずく。

「電車乗ってくるの、大迷惑。見るのも嫌」

「あたしは、オムツやミニバンのコマーシャルとか見ると、虫酸《むしず》が走る。大人向けの番組でかかると、そこの会社に火、つけたくなるんだけど」

再び、つかの間の沈黙。誰ともつかない声が、ぽとんと落ちる。

「――死ねばいいのに」

喋り続ける女たちを、隣の席から二人連れの男が見ている。歳の頃は女たちよりだいぶ下。二十代後半から、三十代前半といったところか。

「うるせえな」

「女が三人集まるとかしましい、だっけ。あれは本当だな」

服装は高級そうなスーツだが、不穏な雰囲気がある。

「そういえば、かしましいって漢字、書けるか」

「俺に聞くか。知るわけねえだろ」

「知ってるって。強姦の、姦だよ」

それを聞いた男はああ、と笑う。

「毎日見てる字だな」

「にしても、商品価値ねえなあ」

女たちの方を見て、相手の男も笑う。笑いながら、ふと真顔になる。

「――おい」

「あ？」

「窓際。あれは、いけるぞ」

きれいな顔に、洒落《しゃれ》た服装。細身だけれど、ほどほど肉もついている。

「ああ、確かに。どっちでもいけそうだな」

携帯端末の画面を叩きながら、電話で英語を喋っている、男。

小さな笑い声を上げる男を、隣の席の若い女がじっと見つめている。それを見た
二人連れの、片方の男が、ぼそりとつぶやく。

「……ひってえのに、放り込んでやりてえ」

「かしましい？」

「ああ」

もう一人の男が、にやりと笑う。

「死ぬくらい？」

「死ぬ方が楽だ、って思いはじめるくらい」

「要するに、死ねばいいのにってことだろ」

「まあなあ」

低い笑い声。自嘲的にも聞こえる。


ぼそぼそと小さな声で話す男たちを、壁際から若い男が見ている。かなり太っていて、暑くもないのに汗をかいている。服装は野暮《やぼ》ったく、眼鏡をかけてうつむいたまま、スマートフォンを握っていた。

『カフェなう。近くにヤクザ』

素早く打ち込むと、SNSにアップする。

『ヤクザじゃなけりゃ、半島の奴。普通の日本人とは思えない。コワス』

男の言葉に返信する者はいない。けれど男は、言葉を綴《つづ》り続ける。

『ヤクザの向こうには、ノマドかぶれ』

『英語喋ってりゃ頭いいと思ってるおばかさんｗｗｗｗ』

『いまどきカフェでノマドプレイとかｗｗｗ』

男の前には、冬なのにアイスのカフェラテが置かれている。脂《あぶら》ぎった額を拭うこともせず、男は指を動かし続ける。

『マジキチＢＢＡ軍団いるし、ここどんなデスシティーｗｗｗ』

男はストローでカフェラテを啜《すす》ると、顔を上げないまま周囲をちらりとうかがう。

そして再び、指を激しく動かしはじめた。

『チェーンつきビッチハケーン！　しかも睨まれたー！！』

『リア充カポー。カフェで前戯とかマジカンベン！』

『もうこれ貼っとく。殿堂入り名曲』

『マジ、死ねばいいのにネ！』

うつむいたまま指を動かし続ける男を、少し離れた席から少女二人が見ている。

「――キモオタ」

「だね。こっち見たよ。マジきもい」

「でもまあ」

言いながら、一人の少女がもう一人の腰に手を回す。

「見られるようなこと、してるからなあ」

「やだ。恥ずかしいし」

「俺は別にいいけど？　それとも、やっぱ怖くなった？」

男装をしている少女が、ふと真面目な顔で相手の少女を見た。

「今ならまだ、戻れるよ」

すると相手の少女は、唇をきゅっと結び、首を横に振る。

「戻らない。後悔もしない。一緒に行く」

「……お母さん、泣かしたよね」

「いいの。あんなババア、死ねばいいのに。あたしたちの音楽性や世界観、理解しようともしなかった」

そのとき、店内の一角で派手な笑い声が上がる。二人が声の方を見ると、大学生らしき男女の集団が、手を叩きながらはしゃいでいた。

「馬鹿っぽい」

相手の少女が吐き捨てるようにつぶやくと、男装の少女が微笑《ほほえ》みながらうなずく。

「つがうことを恥とも思わず、考えなしに生きてるだけだよ」

「性別よりも、一人の人間として見ることの方が大切なのに」

「――それ、今度の曲に使おう」

相手の少女は、それを聞いて顔をぱっと輝かせる。

「ホント⁉」

「ああ。いいフレーズだし、俺たちの伝えたいメッセージそのものだからな」

男装の少女が、相手の少女の手を握った。

「嬉しい。ね。あいつら、みんな死んじゃえばいいのにね」

「じゃあ、タイトルは『皆殺しのうた』とか？」

「いい、いい、ステキ」

相手の少女は、うっとりとした表情で手を握り返す。


こいつら、女同士だろ。

少女たちの隣の席の男が、心の中でつぶやく。

（まったく、いまどきの若いのは）

男は壮年。風貌は悪くはないが、スーツと靴が若干くたびれている。

(平日のこんな時間に何やってんだ。おかしな格好して、親の顔が見たい)

目の前にあるのは、一番安いアメリカンコーヒーのSサイズ。それをわざとらしく、音をたてて啜る。

(あいつらもそうだ。学生のくせに、勉強もせずに)

(あっちのデブも。ニートってやつか)

(女どもは、のんきなもんだな。いつでも定時に帰って、お喋り三昧《ざんまい》か。旦那や子供の飯は、どうせ出来合いなんだろうな)

すり減った靴の底から、冷えがしんと沁《し》みる。男は不穏な空気の男たちに目を留めると、ため息をついた。

(ヤクザは——会社員か)

あいつらもあいつらで、大変なんだろうな。男は、窓際の男に視線を転じた。

(——優雅なもんだ)

しかし男の喋る英語を聞いているうち、男の眉間に皺《しわ》が寄る。

(『一番理解できないものは、この国のサラリーマン』だって?)

(……『家畜みたいに従順で、年寄り並みに無《む》知《ち》蒙昧《もうまい》』)

あたりをはばかるようにして笑う男の前には、量が少ないわりに値段の高いエスプレッソのカップ。

(『働き盛りとか、ナイスミドルって言葉は、単なる虚飾だよな』か)

壮年の男は、ふっと口元を歪《ゆが》める。自分も、同じことを思っていた時期があった。しかし。

(『おっさんは、早く死ねばいいのに』——)

壮年の男は、テーブルの上で拳を握りしめる。

(『ああ、ここにもいるよ。くたびれまくったおっさん』)

英語だから、わからないと思ってるのか。壮年の男は、窓際の男を睨みつける。

しかし男は、こちらを向いてはいない。

(『え? いやあ、わかんないだろ。おっさん世代は、英語もPCも使えないし』)

音をたてないように、ゆっくりと立ち上がる。そして一歩ずつ、窓際に近づく。

手には、ビジネスバッグから取り出したノートタイプのパソコン。それを、軽く振り上げる。

「お前が——」

死ねばいいんだよ。

そのとき、店内に複数の鳴き声が響いた。

全員の視線が、音の方に向けられる。

「あ、す、すいません！　すぐ出ますから！」

声を上げたのは、レジのカウンターに並んでいた若い女。胸元に抱えた大きなバッグから、雑種の猫がひょこりと顔を出している。

「いや、こっちこそ悪いね。驚かせちゃって」

そう答えたのは、店の出入口付近に立っていた老人。やはり雑種の中型犬を連れている。少し前屈みになりながら、リードの紐を外のテーブルに結びつけていた。

若い女はテイクアウト用の紙袋を受け取ると、そそくさと出口に向かう。そのバッグから首を伸ばした猫が、にゃあと声を上げる。

出口に差しかかったところで、老人が会釈《えしゃく》した。女が足を止めると、手を伸ばしてそっと猫の頭を撫《な》でる。

「怖かったかい？　でもうちの犬は、猫が好きなんだよ」

「そうなんですか」

「だからつい、反応しちゃったみたいだね」

女が見下ろすと、中型犬はおすわりをしたまま、遊んで欲しそうな素振りで尻尾を振っている。女が手を伸ばすと、嬉しそうに舐めてきた。

「また今度ね」

そう言うと、女は猫を抱えて店の外に出ていった。老人はカウンターの列に並び、温かい紅茶を注文する。

窓の外には、黒い瞳の犬。小首を傾げるようにして、店内を覗いている。


そんな風景を、全員が見ていた。

(まあ、犬／猫は可愛いな)

そんな風に。


『つか、いいかげんにしろよな』

ぐらぐら揺れる場所の中で、悪態をつく。足場は悪いし、状態によっては外から押されてしまうこの場所が、猫は大嫌いだった。ファッションがわりに、自分を連れ歩くこの女も。

『てめえの飲み物だけ買ってんじゃねえよ。ミルクもあったはずだぞ。匂いでわかるっての』

首を出して訴えると、女の手が伸びてきた。

「なあに？　おなか空《す》いたの？　カリカリ、食べる？」

『いらねえよ。死ね、このブス』

「にゃあにゃあ、可愛いなあ。お話ししてるの？」

『うるせえ、喉渇いてんだよ。死ね。ていうか殺す気か』

にゃあにゃあ。

冷たいコンクリートに尻をつけると、腹の底から冷えびえとした気分になる。

（ばあちゃんだったら、椅子に毛布を敷いて座らせてくれたのに）

じいちゃんは、そういうことに一切気がつかない。だからじいちゃんは、嫌いだった。でも、ばあちゃんはもういない。

「どうした、くんくん鳴いて。さっきの猫が、そんなに気になったのか？」

（違うよ。反射的に吠えただけ。それより、地べたは嫌なんだけど）

「まあ、ミルクでも飲め。そら、皿に入れてやろう」

犬は、ここでもひどくがっかりする。ばあちゃんだったら、おやつのジャーキーを出してくれたのに。

「どうした。飲まないのか？　お前は本当に、控《ひか》えめな奴だなあ」

（じいちゃんが的外れなだけだよ。ずっとがっかりしてるだけだよ）

「ははは。くんくん鼻を鳴らして、どうしたどうした」

頭を撫でられ、犬は鼻先に皺を寄せる。

（頭より、顎の下が好きなんだけど。それも知らないの）

老人は、満足そうに紅茶を啜る。

（じいちゃんに何かあったら、こうたくんが引き取ってくれるって言ってたよね）

（でも、何かって、なに？）

犬は小首を傾げる。

（あ、ばあちゃんみたく死んじゃうってことかな）

（なら、死んで。じいちゃん、死んで）

ふんと鼻を鳴らすと、犬は黒い瞳で老人を見上げた。

（こうたくんなら、走って散歩してくれる。こうたくんのママなら、毛布を敷いてくれる。こうたくんのパパは、ばあちゃんから聞いて顎の下が好きだって知って

る）
（ねえ、死んで。早く、早くう）
犬は、尻尾を振り続ける。
その風景を見ながら、壮年の男はパソコンを静かに下ろし、穏やかな表情で席に戻った。

入眠
Sleeeep

目を開けると、白っぽい天井。それ以外には、何もない。

もう、どれくらいこうしているだろう。退屈という言葉を使うのにも飽きるほど、同じ景色ばかり見ている。

本当は、私だって違う景色を見たい。違うことをしたい。けれど私の身体はままならず、首すらも自由に動かせない。

一体、どうしてこんなことになったのか。覚えているのは、目の前が真っ黒になってから、真っ白になったということだけ。

真っ白になる前、私はどういう状態だったのだろうか。記憶をぼんやりとたどると、やはりこうしてベッドに寝ていたような気がする。白っぽい天井を見上げていたのも同じだ。ただ、あのときは身体にたくさんのチューブや機械が取り付けられていた気がする。それが不快で不快で、私はよくそれらをむしり取っていた。

「あらあら、じぶんでとっちゃって」

どこからか女の声が聞こえると、ほっとするような、苛立たしいような気持ちになった。その手は優しいが、確実にまた機械を取り付けるからだ。声を上げて抗議しようとしても、うまく言葉にならない。

ああ、思い出してきた。

うーうーとうなる私の頭に手を当てて、女は自分の顔を寄せる。頬が触れるほど近づかなければ、私は女の顔を認識することができないのだ。視力は、もう取り戻すことができないだろう。

「なに？　なにかしら？」

女の甘い匂い。それは悪くない。むしろ、良い。

「痛い？　それともお腹がへった？　何か飲む？」

色々たずねてくれるが、どれも的外れ。そもそも流動食しか受けつけない私にとって、食事と飲み物の区別はないようなものだ。

「んー、歯が気になる？」

そんなもの、とうの昔になくなっているだろう。まあ、入れ歯のずれが気になる時もあるが。

私の女は、察するのが下手だ。さらにあーあーとうなると、女の顔がくしゃりと歪《ゆが》む。

「こんなに、はげちゃって」

後頭部をそっと撫《な》でられる。失礼な。何てことを言うんだ。憤慨《ふんがい》して大きな声を上げると、女は慌てたように目尻を拭う。

「わかるのね。わたしの言うことが、わかるのね」

当たり前じゃないか。うなずこうと身じろぎをすると、その拍子に下半身に力が入った。何かが出た。

「あらあら、たいへん。かえなくちゃ」

女は私から離れて、何かを取りに行った。死にたい。

自分の身体がままならず、意思があれども通じない。皺《しわ》だらけの手はもはや誰の役にも立たず、誰かを煩《わずら》わせるだけだ。

死にたい。早く死にたい。

そう思うものの、恐怖もある。この期に及んで何を言っているのかと思うだろうが、死が怖くない人間なんていない。楽になるのだとわかっていても、やはり怖い。

私は、いったいどうなるのか。どこへ行くのか。

考えていると胸がどきどきして、冷や汗が出てきた。身体がどんどん冷たくなり、
それに応えるようにどこかで機械の音が鳴りだす。

慌ただしい気配。人が何人もばたばたと動き回り、腕や胸にまた違う機械を取り付けられる。

女がまた近寄ってきて、私の手を握る。

「あなたといられて、しあわせよ」

泣いているのか。泣かなくてもいい。お前は、いい女だよ。

目の前が薄暗くなってきた。息が苦しい。女の匂いも、しなくなる。

口に何かが当てられる。胸に何かが当てられる。衝撃。でも何も感じない。

もう、とめられない。誰にも、どうにもできない。

「ずっと、いっしょよ」

女の声が聞こえる。

そして目の前が、真っ暗になった。

それからどれくらいたったのか、わからない。けれど突然目の前が真っ白になって、私は目覚めた。

もしかしてここは天国か。それともまったく知らないどこかなのか。私は目をこらそうとして、それができないことに気づいた。まさか。

次に、首を動かそうとした。少しだけ動くものの、やはり自由には動かない。手足は、かろうじて動く。ただ指先で物を摑《つか》むことはできないし、もちろん立ち上がることもできない。

なんだ、同じじゃないか。私はひどい絶望に襲われた。

人間としての尊厳を、ひとつひとつ剝ぎ取っていったかのような終焉《しゅうえん》。その最悪の状態が、ようやく終わったかと思っていたのに。

天井が白いのも同じ。下半身に何かが装着されているのも同じ。声を上げようとして、やはりうーうーとしかうなれないのも同じ。舌で口中を探ってみると、誤嚥《ごえん》防止なのか入れ歯もなかった。

身体をよじってあーあーと声を上げると、女の気配がした。お前なのか。

「あらあら、じぶんでとっちゃって」

昔、聞いたような声。甘くて、高い。若い頃に戻ったような声だ。

「なに？　なにかしら？」

女の顔が寄せられて、驚いた。本当に、若い。ということは、この女は世話係なのだろうか。でも不思議なことに、私はこの女をまぎれもなく自分の女だと感じている。

女の甘い匂いが濃い。ものすごく、濃い。

「痛い？　それともお腹がへった？　何か飲む？」

色々たずねてくれるが、どれも的外れ。そうそう、お前はこういう女だった。だとすると、私は夢を見ているのだろうか。口に流動食が流し込まれる。これが、夢？　夢ならせめて、食事と飲み物の区別くらいつけてほしいものだ。

「んー、歯が気になる？」

歯は、当然ない。歯ぐきだけだ。お前はやっぱり、察するのが下手だな。さらにあーあーとうなると、女の顔がくしゃりと歪む。

「こんなに、はげちゃって」

後頭部を、そっと撫でられる。失礼な。何てことを言うんだ。憤慨して大きな声を上げると、女は慌てたように目尻を拭う。

「わかるのね。わたしの言うことが、わかるのね」

当たり前じゃないか。うなずこうと身じろぎをすると、その拍子に下半身に力が入った。何かが出た。

「あらあら、たいへん。かえなくちゃ」

女が何かを取りに離れていった。頭が痺《しび》れるような甘い匂いが、消える。

匂いが消えた途端、たまらなく孤独を感じた。もう嫌だ。もう一人は嫌だ。

たまらなくなり、泣き声を上げた。すると女が慌てて近寄ってきて、私の手を握る。

「あなたといられて、しあわせよ」

泣いている私に向かって、微笑《ほほえ》む。ありがとう。お前は、いい女だよ。

そして女は、私の背中に手を入れる。起こすつもりなのか。でも、お前一人じゃ無理だろう。誰か呼ばないと。

けれど女はすんなりと私の上半身を起こし、あまつさえ両脇に手を差し込んだ。

まさか、立たせようというのか。

二人で転んだら、目も当てられない。私が警告のうめきを発すると、女は私に顔を寄せて優しく笑った。柔らかな頰。

あたたかい。やわらかい。いいにおいだ。そしてなんて、いい声なんだ。

私は、女から発せられるすべてに酔った。

「ずっと、いっしょよ」

軽く、揺すられる。装着されていた器具は感じない。これも、夢のおかげなのだろうか。まぶたが重い。目の前が、薄暗くなってきた。

また真っ暗になる。そう思ったとたん、私は泣き叫んでいた。

あそこに戻るのは嫌だ。またひとりで暗いところへ行くのはいやだ。

「なかないで」

叫びすぎて、息が苦しい。口に何かが当てられる。やわらかい。女の肌だ。必死にすがりつく。甘い。濃い、匂い。すべてを忘れてしまいそうな、甘さ。

うっとりと味わっていると、まぶたがとろんと落ちてくる。

もう、とめられない。誰にも、どうにもできない。

「ずっと、いっしょよ。ぼうや」

女の声が聞こえる。

そして目の前が、真っ暗になった。

お昼寝の、時間であった。

ぶつり　Stab

　ぶつり。肉に串を打つ嫌な感触がした。なんだか痛そうな気がして、これをやるたびに自然と私は顔をしかめてしまう。でも仕方がない。肉によく味をしみ込ませるには、穴を開けるのが早道なのだから。

　あのひとは、なんでも丸ごとが好きだ。魚でも肉でも野菜でも、そのままの形を残した調理法で、シンプルに食べるのが好きだ。例えば魚の塩焼き。ローストチキン。玉ねぎの皮ごとグリル。

「丸ごと食べるのって、理にかなってるんじゃないかな」

　小さきものはシラスから、大きなものは七面鳥《しちめんちょう》まで。夢は、一頭丸ごと牛や豚を食べ尽くすことだと笑った。

「一年かけて、きちんと食べる。大きな肉は塩漬けに、内臓はよく洗って煮込みに。出来ることなら、血の一滴まで残さずに食べてあげたい」

それは一つの愛だね。私の言葉に、あのひとは頬をゆるめた。そう、愛かもしれない。


ぶつりぶつり。串では、捗《はか》がいかないのでフォークに持ち変える。並んだ穴。そういえば去年の夏、あのひとは虫に食われてこんな痕《あと》を肌に残していた。

「ダニじゃないの」

そう言うと、少しむっとした表情をする。

「この部屋の掃除は、行き届いてるはずだけど」

でも穴が並んでいるのは、蚊じゃなくてダニだと思う。昔、犬を飼っていた私には見慣れた傷痕だ。

「かなり長く、かゆみが続くから」

薬を塗っておけば。そう告げた私を、あのひとは苦々しそうに見てつぶやく。そういうところが嫌いなんだ。呪いの言葉を捨て台詞《ぜりふ》のように残して、涼しい顔をしているところが、特にね。

あのひとは、食べることが大好きなくせに、自分で料理を作ろうとはしなかった。ただテレビを見たり、本を読んだりして知識だけは豊富に持っていた。

「魚はやっぱり家でさばくのが一番だね。切り身を買うなんて、堕落への第一歩だと思うよ」

頭でっかちで、何事につけ実際に体を動かそうとはしなかった。

「鰯《いわし》は手開きって言ってさ、包丁なんか使わなくても手でおろすことが出来るんだ」

自分では決してやらないであろう作業を、私には要求する。はじめの頃は、それもまた可愛い我《わ》が儘《まま》だと思っていた。他の誰にも見せないような甘えた表情で、餌をねだる猫のようなものだと。

ぶつり。鰯の腹に指を突き立てる。中には内臓のぐちゃりとした感触。しかしそれを我慢して指を進めてゆくと、やがてこつりとした手応えがやってくる。理性的な背骨の感触。私はその硬さにすがるようにして、肉を剝がしてゆく。

「結婚したら、これが毎日食べられるのかな」

たった一回のたった一言にすがりついたまま、もう何年が経ったことだろう。生臭いはらわたを掻き出すと、指が真っ赤に染まった。あのひとの言葉に頬を染めなくなって、もう何年になることか。

ぶつりぶつり。とろみのついた汁が煮えたぎっている。さばいた鰯の肉を叩いて団子に丸め、汁の中に放り込んだ。青背の魚は身体に良いということで、あのひとはよくこれを飲んでいた。

「これだと小骨も食べられるから」

カルシウムがどうの、DHAがどうの。ダイエットがどうの、コレステロールがどうの。とにかくうるさい。健康に関する本を何十冊詰め込んだのか知らないが、言葉を並べてゆけば体に作用するとでも思っているのか。

ぶつり。これは電話が切れた音。私からの電話を、あのひとはいつも一方的に切った。たとえ私が話している最中でも、遠慮なく。

「十五万。旅行代金で必要だから用意しといて」

「でもまだ給料日前だし、それにもう銀行は閉まってるし」

はなかった。

寒い夜、コンビニのＡＴＭまで何度走ったことか。ただでさえ残高の少なくなった口座から、割高な手数料ごと金が消えてゆく。しかし消えてゆくのは、金だけではなかった。

「用意しといて」

ぶつりぶつり。最近の私は独りごとが多いとあのひとは言った。しかしそれは仕様がないこと。一日中部屋にいて、あのひとの帰りを待つだけの毎日ではテレビやラジオが友人になるしかない。しかも最近、あのひとは帰りが遅い。

「気持ち悪い。一体誰と喋ってるんだか」

誰と？　さあ、誰なんだろう。とりあえずお役所の人とではないけど。そう答えると、気味悪そうに私から目をそらした。でも本当のことだから。ここ数日で私が会話を交わした相手は、役所の人間とコンビニの店員。この二人だけなのだ。

ぶつり。音を立てて羽根が抜ける。今日は鳥をはじめからさばいてみようと思う。暇になって唯一良かったのは、こうして料理に好きなだけ時間をかけられることかもしれない。昨日は一日かけて豆を煮ていた。田舎《いなか》の母親が昔よくそうしていたように。ふつふつふつ。柔らかな音と湯気は心をじわりとほどく。豆の湯気のせいで、普段なら口にはしない言葉がぽとりとこぼれた。

「は？　田舎？」

そう。私の生まれたところ。あそこなら畑もあるし、暮らすのにお金はかからない。きみの好きなスローライフとかスローフードとかの世界だよ。そんな私を見て、あのひとはげらげらと笑った。

「あのさ、そういう言葉はイメージの中だけで充分なんだよ」

ばさりと投げ捨てられた雑誌には、ソフトフォーカスのかかった畑の写真が載っている。きっとそこには、気持ちの悪い虫なんかいないのだ。綺麗な田舎。綺麗な暮らし。あるわけのないものが、あのひとは好きだ。

ようやくむしり終わった羽根を、紙にくるんで捨てる。出来るだけ丁寧に。黒い羽根は縁起が悪いとあのひとが嫌うから。たいして大きなサイズでもないから、肉は少ない。レバーや心臓も刻み込んで、イギリス風のパイにでもしてみようか。そう、まるでマザーグースの歌のように。

ぶつりぶつり。小さな声で歌を口ずさんでいる。『鳩ぽっぽ』を歌えば、小鳥が寄ってくるのだと思っていたのだが。意に反して、寄ってきたのは小動物だった。捕まえるのはたやすかったが、やはりあのひとの嫌いな黒い毛が生えている。悩んだ末に、逃がすことに決めた。私は無駄な殺生《せっしょう》はしないのだ。

「ねえ、もう出ていってくれない」

聞こえなかった。

「転がり込んでこられて、いいかげん迷惑なんだけど」

聞こえないな。

「あなたのような歳で手に職もないとなると、ほとんど仕事はないんですよ」

ははは。これも聞こえなかった。だって私には料理という特技がある。しかも最近では、必要に迫られて狩りの技術まで習得したというのに。

「とにかく、まめに通われることですね。そうとしか言えません」

出張所からの帰り道、私は川沿いの道をゆったりとした足どりで歩いた。この辺りには、生き物が集まりやすい。大きいものに小さいもの。どいつもこいつも呑気《のんき》な風情でふらふらしているから、狩りの技術を使うまでもない。

黒い毛の小動物を逃がしてやったかわりに、私は四つ足の動物を捕まえた。こちらも人慣れしていたので、餌で釣る必要はなかった。都会の生き物は馬鹿ばっかりい。子供の頃はよく、蛙《かえる》の皮を剝いだっけ。自分が餌になることを知らないだ。餌を手から奪うことは知っていても、自分が餌になることを知らない。

皮を剝ぎながら、故郷のことを考える。子供の頃はよく、蛙《かえる》の皮を剝いだっけ。あれは醬油をつけてあぶり焼きにすると、なかなかの味だった。他にも雀や蛇、運のいいときは鶉《うずら》なんかも食べた。たまにどうしようもなく臭いのきつい肉があったが、たいていのものは醬油と生姜《しょうが》とニンニクがあればなんとかなった。だからこの肉も、そのやり方でいこうと思う。

薄茶色の柔らかい毛が生えた皮を、私はポリ袋に放り込む。黒くはなくても、あのひとはこれを見たがらないだろう。ついでに言うなら、足や頭の骨も。でも足は確かコラーゲンの宝庫、とか聞いたような気がする。それは豚足に限ったことだったろうか。わからないので、こちらはスープとして煮込んでみることにする。

ぶつり。あのひとからの最後通告はテレビを消した瞬間にやってきた。

「あたし、結婚する相手できたから」

聞こえたよ。頭でっかちのきみ。お局《つぼね》と呼ばれる年齢に近づいて、あせってるんだね。やっぱり年上の男が最高だわ。そう言っていたのが昨日のことのようだけど。

「定年間近でリストラされたあんたを住まわせる余裕なんて、こっちにもないんだから。わかってよね」

不倫ではなかった。何故《なぜ》なら私は未婚だったから。ふとしたきっかけで夜を過ごしてから、私はきみとつきあうようになった。親しくなるにつれ発揮される、きみの途方もない我が儘に私は夢中になった。きみが欲しかったものは、料理が上手でリッチな大人の男。「彼」はきみが誰とつきあおうと干渉しない、広い心の持ち主。きみが望めばいつでも愛とお金を溢れんばかりに注ぎ込む、都会の貴族。

でも残念ながら私は、田舎育ちの冴《さ》えない中年男だった。きみの好みに合わせるべく、私は古くとも三間あったアパートを引き払い、地下鉄の駅のすぐ側《そば》に建つワンルームのマンションに移った。その部屋代は、もう三ヶ月も滞納している。さらに好きだったスポーツ新聞を買うことをやめ、読めもしないペーパーバックを買うようになった。近所の安売り店を無視して、高級志向のマーケットで輸入食材を吟味するような暮らしぶりは、いっそすがすがしいくらいの勢いで貯金の残高をすり減らしてゆく。けれどそれがどんなに馬鹿らしかろうとも、きみが望む世界ならかなえてやろう。あの頃の私は、そう心に誓っていたのだ。

身の丈に合わぬものを気どるため、使えるだけの金と労力を私は使った。それをそっくり返してくれるなら、出ていってもいいよ。そう告げるときみは笑った。馬鹿言わないでよね。

「あたしは若い時間をそっくりあんたに使ってやったんだから、お釣りをもらってもいいくらいなのよ」

なるほど。きみならそう言うだろうと思っていたよ。そんな怪訝《けげん》そうな顔をしないで。私は誰よりもきみの近くにいて、誰よりもきみを理解しているのだから、これくらいわかって当然だ。そうだろう。

ぶつりぶつり。文句を言いながらきみは出かけていった。結婚するであろう男との、一泊二日の温泉旅行。最後に渾身のディナーをごちそうしたいと言った私に、きみは指を突きつける。

「あんたがここにいられるのは、明日の夕食まで。食べたら終わりだからね」

聞こえてるよ。だから二日がかりで、最高の料理を作らせてくれ。今まで培った技術を試してみたいんだよ。私ときみの最後の晩餐《ばんさん》。それくらい、受けてくれたっていいだろう。

ぶつり。腱《けん》を断ち切るにぶい音がシンクに響いた。今度さばくのは大物だから、部分ごとに区切って計画的に進めねばならない。血抜きも充分ではないから、調理法も吟味しなければならないだろう。こういった素材に挑むことこそ、料理の醍醐《だいご》味《み》だ。

仕事を失って良かったと感じたもう一つのことは、野生の素材を手に入れられるようになったことだ。店でどんなに新鮮と謳《うた》われていても、やはり自分でしめたものにはかなわない。フランスでは「ジビエ」と呼んで珍重されているのだと、きみは言っていたっけ。

大物は、黒い毛の生えていない四つ足を選んだ。だってきみは不吉な黒い生き物が嫌いだったから。けれどさすがに大物を仕留めると人目を引く。私はおこぼれにあずかろうとするハイエナを避けるため、夜のとばりの中で狩りをした。つまり、素材の確保で一日。調理で一日というわけだ。

二人で食べるには、大きすぎる獲物。けれどきみは丸ごとが好きだ。ならばせめて少しずつでも、全ての部分を味わって貰うことにするか。前菜は耳をゆがいてピーナツソースで和《あ》えたもの。肉はニンニクを利かせたタレでつけ焼きに。内臓は何度もゆでこぼして、生姜風味の煮込みにした。脂肪の少ない個体だったから、メインはやはりシチューのようなものにした。もっと時間があれば、ハムやベーコンのような薫製《くんせい》にもチャレンジしたかったところだが。

旅行から帰ってきたきみは、部屋に漂う香りに眉をひそめた。でもこれは許してほしい。内臓をゆでると、こんなにおいがするものだから。

「おいしいかい」

ゆっくりと箸を動かすきみに、私は問いかける。きみは気のない様子で、ピーナツ和えを口に運んでいた。

「おいしいよ」

ああ。幸福感が私の身体をじわりと満たす。気持ちがいい。

「おいしいかい」

つけ焼きのときにもそうたずねた。煮込みのときにも、もう一度。

「おいしいよ」

面倒くさそうなきみの声。たまらない。もっと聞かせてほしい。おいしいかい、おいしいかい、おいしいかい。

「ああもう、いいかげんにしてよ。最後だと思って、我慢してやってるのに」

我慢。きみの言葉に私は衝撃を受ける。我慢して食べていたというのか。つまり、私の料理はおいしくないと。素材を自らの手でしめてまで作った、この私の料理が。

詰め寄る私をにらみつけて、きみは言った。

「まずかったわよ」

肉がなんだか臭くって、やってられない。それを消すためかどうか知らないけど、調理法もワンパターンで嫌になっちゃう。特に煮込みやつけ焼きなんて、醬油臭くて田舎丸出し。どんなに気どったって、所詮あんたはそこまでなのよ。自分で思ってるほど料理上手でもないってこと、自覚してなかったわけ。ああもう、こんなの最後に食べさせられるなんて。昨日の旅館の料理はおいしかったなあ。


ぶつりぶつりぶつりぶつりぶつり。最後に私の中の何かが音を立てて切れまくった。はは。なら教えてやろう。

「なによ、なに笑ってるのよ」

だってもうきみは、あの男とは結ばれないから。

「どういうこと。まさかおかしな薬でも入れたんじゃないでしょうね」

薬なんて入れてない。愛の成就《じょうじゅ》だよ。

「愛、ですって。一体何を企んでるの」

シチューのスプーンを置いたきみに、私は微笑《ほほえ》みかける。わからないかな。川沿いに寝ていた手足の不自由な老人ときみは、愛で結ばれたんだ。丸ごと食べるのが愛だって自分で言っていただろう。ほら、その一口齧《かじ》った肉片はホームレスのあそこの肉だよ。

一瞬、きみは不思議そうな顔をした。そして悲鳴。

ぶつりと切れて、私の話もこれでおしまい。

ぶつり。

ライブ感　Just Alive

雑誌や、テレビで見た場所に行くのが好き。そう言うと、決まってこう言われる。

「あんた、ホントにミーハーだね」

うん、わかってる。でもさ、そういうあんただって、なんか人だかりがしてたらのぞいてくでしょ？　それとおんなじ。

なんかさ、すごく「現場」って感じがするんだよね。ライブ感？　そうそう、それ。

こないだパンケーキショップの列に並んでたときなんか、すごかったよ。

まずさあ、みんな雑誌の切り抜き持ってんの。それ出すと、生クリームのトッピングがタダになるから。え？　もちろんあたしだって持ってたよ。だってタダの方がいいに決まってるじゃん。

したらさ、ここにいるヒト、みんなおんなじ雑誌買って、読んだってことだよね。超仲間って感じで、高まった。

それでわくわくしながら並んでたら、今度はテレビの取材が来たんだよ。

「すごい行列ですね~。今日は何時から並ばれてるんですか?」

お決まりの台詞《せりふ》。早くあたしのところに来ないかなって、どきどきした。

「ここは日本初上陸ということですけど」

わあ、来た来た。

「以前に召し上がったことは?」

あるある。だって元々ハワイでもガイドブックに載ってたもん。でもさ、ここは空気読んじゃうよね。

「ないで~す。だから、すっごく楽しみでぇ~、今日は朝、五時に起きちゃいました!」

ホントは開店時間から逆算して、七時だったけどね。電車で近いし。

「生クリームたっぷりのせてもらって、食べま~す」

雑誌のページをひらひら振って、気分は最高潮。まあ、生クリームはあんま好きじゃないいんだけどね。

店の中に入れたのは、それから一時間後。混んでるから店のヒトもテンパってて、パンケーキが出てきたのはさらに三十分後。でも、それがいい。「待たされてる」「現場」だもんね。

「うっわあ、おいしそ〜う！」

ちょっと大きめの声は、まだパンケーキが来てない人たちに聞かせるため。いいでしょ？　あたしの、もう来たよ！　でもこの「あ〜、くっそ〜」感がまたまたいいでしょ？

「うん、すっごくおいしい！」

これまた、ちょっと大きめの声。でもって一緒に行った友達と「ね〜!!」ってやると、気分マックス高まる。

「ねえねえ、写メ撮っていい？」

一口食べちゃったけど、そこがまた臨場感、みたいでいいよね。インスタとツイッターとラインで知り合いにも流しちゃおう。フェイスブックもいいなと思うけど、あっちはなんか狭くてやなんだよね。

周りを見渡すと、同じようにスマホで写真を撮ってる人が一杯。うんうん、撮るよね。メールも送っちゃうよね。

「ん？」

隣のテーブルの女の子、カッコいいデジカメで撮ってる。一緒に座ってる友達に、フォークの位置とかまで直させて。なんだろ、雑誌の取材？

「しっかし、毎回凝《こ》るよねえ」

友達とのお喋りを聞いてたら、その子はブログをやってるっぽかった。そっか、ブログだったら写真も凝るよね。ホントは、あたしもブログ、やってみたいんだ。でも長い文とか書くの、苦手。

「あー、おいしかったー！」

店を出るときには、まだ並んでる列に向かって聞こえるようにね。だってこれ、お約束でしょ。そういうプレイでしょ。むっとした顔してるけど、それもイベントの一部だもんね。

それからしばらくウィンドウショッピングなんかして、帰りがけにまた店の前を通る。列は途切れることなく続いていて、あたしは嬉しくなる。

ねえ、あたしもう食べたよ。いいでしょ？

「朝イチで食べといて、よかったね〜！」

聞こえたっぽいヒトが、ちらっとこっちを見る。んじゃサービスサービス。

「やっぱ朝の方が、ゆったりしてていいよねえ。お店の人も余裕あるしさ。パンケーキもすぐ出てきたもん」

友達は苦笑しながらも「はいはい」ってうなずいてくれた。そんなあたしたちを見て、あからさまに嫌そうな顔をしている人が何人か。ふふふ、もっとくやしがりなよ。そしたらきっと、後でものすごくおいしいよ？　おいしくなくても、おいしいよ？


家に帰って、夜の十一時過ぎ。そろそろいいかなと思って、今日行ったお店の名前をブログ検索にかける。ああ、あったあった。

『すごくふわふわで、感動的においしいパンケーキ。朝早く起きなきゃいけなかったけど、行ってよかった』

これたぶん、あの子だ。お皿の並べ方とか、絶対そんな感じ。

『朝の静かな時間。丁寧に淹《い》れられたコーヒー』

だよね。すんごいざわざわしてたけど、だよね。コーヒーなんかテンパった店員さんが、ソーサーにこぼしてたけど、だよね。

だってその場に行ったらさあ、よかったって思いたいじゃん。行って損したなんて、思いたくないもんね。ちょっとぐらい想像と違っても、それはスパイスってことでさ。

にしても、ネットっていいよね。ライブ感すごい。あたしはなんとなくそのまま、

ツイッターやブログを流し読みする。次に行けそうな、面白いイベントはないかな。

ていうかさ、情報ってやっぱ口コミとかツイッターだよね。新しいお店とか、芸能人が来るとか、そういうの公式な情報って、いつも絶対遅いもん。公式な情報が出た時点で、そのイベントは定員一杯って感じ。

だから、チェックは欠かさない。そしたら、なんかちょっと気になるものを見つけた。

『明日の午後三時に、この場所で彼女に告白します。周りで拍手するフラッシュ・モブをしてくれる人、募集！』

フラッシュ・モブってなんだっけ？　検索してみると、ネットで集まった人たちが「せーの」で街中で何かやることみたい。

面白そう。なら明日はこれに行こうっと。

まあね、結論から言うと、今イチだった。ていうか、つまんなかった。

だって主役は明らかに彼女じゃん？　「え？　なに？」って言ってる彼女に、彼氏が「つきあってください！」って告白して、花束出して、彼女がうなずいたところでパチパチパチ。彼女は涙ぐんでたけど、正直つまんなかった。

つかさ、彼氏もなんも配んないの。せっかく拍手しにきたのにさ、キャンディの一つくらい用意しときなよってハナシ。なんか損な気分。集まったみんなもさ、拍手して「よかったね」って顔したら、それですぐ解散してるわけ。せっかくのライブ感なんだし、少しぐらいざわざわやっててもよかったんじゃない？

「そうやってさっと集まって、さっと解散するのが、フラッシュ・モブなんだって」

友達に言われても、なんとなく納得できない。だってねえ、なんかもうちょっと、ないわけ？　一人ぐらい、拍手じゃなくて「反対だ！」って言うとか、ペットボトル投げつけるとかさ。そんぐらいのドラマ感がないと、「すごかったねえ～！」って言えないじゃん。

「あんたさあ――」

フラッシュ・モブに悪意とか、あり得ないでしょ。友達は呆《あき》れたような顔であたしを見る。なに。あんただって、事件っぽいの好きなくせに。電車の事故とか、写メで撮るくせに。

結局、ハッピーバースデーみたいなものや、ダンス教室の宣伝みたいなものばっかで、フラッシュ・モブはつまらないとわかった。そういうライブ感があって、もうちょっと面白そうなものはないかな。

そしたら今度は、不思議なサイトが見つかった。

『〇〇料理が嫌いなあなたへ』

そこには、世界各国の料理が国旗と一緒に並んでる。なにそれ？　レストランの宣伝？　にしては、本気で嫌な感じの言葉が多いな。

『〇〇料理なんて、人の食べる物じゃない』

『〇〇料理を食べている奴は、死ねばいい』

へえ、過激。でもちょっと、わかるな。あたしも辛いものとか臭い料理とか苦手だし。で、ある料理をクリックしたら、なんか日付が書いてある。

『〇〇料理が嫌いと、大きな声で叫ぼう！』

面白そう。特にお金もかからないみたいだし、行ってみようかな。友達にメールすると『なにそれ？　ちょっと怖そうだけど、気になる』って返事。とりあえず、そばまで行くだけならわかんないしってことで、待ち合わせをした。

集合場所は、地味な公園。そこから列を作って大通りに出て、練り歩くらしい。

「とにかく、暴力をこちらからは絶対ふるわないこと！　プラカードがぶつかっただけで騒ぐ人もいますから、気をつけて！」

公園で説明しているのは、中年のおじさん。ごく普通の服で、怖い感じはしない。集まってる人も、地味な格好。女の人は、少ないかも。人数は、五十人くらい？

一応、用心したあたしたちは、それを公園の外から聞いてる。

「声だけです！　声と、列を組んで歩くだけです！　歩道みたいに狭い場所では、一般の通行人の邪魔だけはしないように！」

まあ、普通のこと言ってるよね。なら大丈夫かな。あたしたちは、列の一番最後の近くを、こっそりついていった。

公園からしばらくは、人気がないせいか静かだった。でも商店街のある大通りに入ったとたん、皆は声を上げはじめる。

「〇〇料理は、最低だー！」

「おー！」

「○○料理を食べる奴の気がしれないぞー！」

「おー！」

買い物をしてる人たちが、ぎょっとしたようにこっちを見た。わあ、きたきた。ライブ感！

「○○料理を食べてる奴は、その国へ行けー！」

「二度と帰ってくるなー！」

言ってる方は、普段の不満を発散させてるせいか、わりと楽しそう。でも、こっちを見てる人たちの中に、なぜだかものすごく不快そうな顔をしてる人がいた。この料理が、大好物とか？

でもさ、それにしても嫌な感じ。こんなの、遊びじゃん。料理が好きとか嫌いとか、そんなレベルのハナシで、真剣に怒ってどうすんの？

「なんかさ、ちょっとあの辺怖くない？」

友達はそう言って、あたしの袖を引っ張る。

「余裕でしょ。だって別に、悪いことしてるわけじゃないし」

ムカついたので、あたしはあえてそっちに向かって叫んだ。

「○○料理って、サイテー！」

「ねえ、やめなよ」

「なんで？」

せっかくライブのまっただ中にいるのに、なに言ってんの。あたしが言うと、友達は違う方向を指さす。

「だってほら、なんか悲しそうな人もいる」

女の人が、じっとこっちを見ていた。でもなんか、ムカつくの。「可哀相に」って感じの、目してたから。

「悲しいのは、こっちだよ。嫌いな料理、食べさせられてさ！」

ホントは、そんなに食べてない。だって辛いの苦手だったし、実家でもそんなに出るわけじゃなかったから。

でもまあ、そこはライブを盛り上げるってことで。

「あたし、小さい頃、あれ食べて吐いたことあるんだよ？」

「……そうなんだ」

友達の足が、なんだか遅い。このままだと列から外《はず》れちゃうよ。ほら、急いで。

あたしが手を引っ張ると、友達はその手をゆっくり振り払った。

「なに？」

「帰る。なんか、こういうの嫌な感じ。私はぜんぜん楽しくない」

なにそれ。一人だけいい子ぶってさ。事故現場、ツイッターで流すくせに。

くやしくて、あたしは人一倍声を張り上げた。そしたら目立った。そもそも、若い女子とかほとんどいなかったし。

で、なんとなく、真ん中にされた。そしたらなんか、気分上がるよね。こういうの、お姫さま状態って言うのかな？ 周りを守るように、男のヒトがいてくれてさ。ライブ感どころか、お姫さま感ハンパない。

超、楽しかった。

だから、違う料理のやつにもばんばん参加した。だって全部好きな外国料理なんて、そうそうないし。それに、日本人なら和食が一番、でしょ。

どの集まりにも、あたしみたいな子は少なかった。だからどこでも、お姫さま扱いされた。それって、すっごくいい。年の近い子がいることもあるけど、たいがいもっさいんだよね。服も地味だし、メイクもしてない。お姫さまにしてあげようと思っても、無理な感じ。

ま、だからね？ いい位置、もらうよ的な？

そういう子のじっとりした視線を感じながら、ライブの中心で叫ぶと、本当にスカッとした。最高だよね？

でも、せっかく気分よく遊んでたのに、ツイッター見たら炎上してた。なにこれ。

『見境ないってすげーな』

『無思想の輩《やから》。見ていられないくらい醜悪』

『最低のレイシストですね』

レイシストってなに？　検索してみると、『差別主義者』って出てきた。ああ、まあそうかもね。だって和食が好きだから、それ以外は皆ちょっと二流っていうのかな。そんな感じに見てるし。

でもさ、言論の自由って習わなかった？　言っていいんだからね？　自由なんだからね？

「〇〇料理、もう見たくもなーい！」

その日は、中でも一番大きなイベントに来ていた。あの国の料理を食べられない人って、多いんだなあ。お店も一杯あるし、その国の人が固まった街とか、結構あるのにね。

「人間の、食べるものじゃなあーい！」

あたしが叫ぶと、周りの男のヒトが、「おーっ！」って声を揃えた。そしたらもう、超簡単。今日もライブ感、高まるわあ。

人が多いのはいい。けど、マジで混みすぎ。あたしはいつの間にか人波に押されて、歩道のそばまで来ていた。

「ちょっと」

耳元で囁《ささや》かれた気がしたのは、気のせいかしら。

「なんですかあ？」

精一杯可愛らしい声で、振り向く。そしたら、振り向いた瞬間にばちんと頰を張られた。若い男だ。いつの間に、近づいてたんだろう。

「なに？　あんた頭おかしいの？」

「この、全方位的馬鹿！　お前、自分のやってることわかってんのか!?」

いきなり言われたって、なんのことだかわからない。

「わかって――」

言い終わる前に、また一方的に殴られる。

「ちょっと、ひどくなーい？」

さすがにムカついたので言うと、若い男はにやりと笑った。

「勉強代だと思って、我慢しろよ。人の国の文化を馬鹿にした罰だ――」

その言葉と同時に、何人かから一気にぶたれた。あたしは地面に倒れて、頭を強く打つ。なんか「ごき」って音がしたのは、折れたのかなあ。でもなんか、痛くないなあ。よかったあ。

「やべ」

男の声が、上の方から聞こえた。

「おい、大丈夫か」

同じ列の誰かが、声をかけてくれる。でも、立てない。

「もうすぐ警察が来る。お前も早く逃げろよ」

うなずこうとしても、首が動かない。ヤバいよね？

「ああ、テレビが来た」

やだ。こんな怪我したあたし、おいしすぎるでしょ。早く撮りに来なよ。早く早く。

「うわ。ひでえな」

せっかく近づいてきたテレビクルーが、あたしから顔を背《そむ》ける。

「画的に、無理だわ。残酷系のフリー動画じゃねえんだからさ」

誰か救急車、呼べよ。そう言って、行ってしまいそうになるから。

足を、つかんだ。

「うわあ、なんだこの女⁉」

「とってよ」

今このライブ感、最高潮だもん。地面に倒れたまま、反対がわの手でスマホを取り出す。でも、指がうまく使えなくて苛々する。しょうがないから音声入力にして、あたしは声を絞り出す。

「○○料理なんて、大嫌い」

「流血。なう」

あたしが中心で、皆あたしを見てるよね？　写メも、じゃんじゃん撮りなよ？

大サービス、しちゃうから。

「でも闘うの。自由のために」

なんか、言うのがつらくなってきた。眠い。なんかすんごい眠い。じゃあ最後のサービスね。

「これからもあたしは——」

やだ、なんにも見えない。や。

ふうん　Uh-Huh

昔から、なんでも信じやすい子供だった。無垢《むく》、と言えば聞こえはいいが、要するに自分で考えるのが苦手だったということだ。

「真夜中に合わせ鏡の間に立つと、異次元に行ける」と言われれば、馬鹿正直に一人立ち尽くし、「好きな人の名前を書いた消しゴムを使い切れば恋が叶う」と言われれば、一心不乱に消しゴムをかけた。

大人になり、英会話教材や布団や健康食品や壺《つぼ》や化粧品などを買い、ホストに貢《みつ》ぎ、AVに出て、宗教団体に入った。貯金は一銭もなく、身体はボロボロ。

「だから、本当に君が好きなんだ」

目の前で力説する男性に、私はぼんやりとした笑顔を返す。あなたは、私から何が欲しいの。とはいえ、もうあまり、あげられるものはないのだけれど。

「信じてくれ。僕は君を救いたい」

あ、それ宗教の人も言ってたよ。

「君の笑顔が、見たいんだ」

それはＡＶの監督さんが言ってたっけ。

「あったかい暮らしを、しよう」

羽毛布団のセールスマンも、同じこと言った。でも、そこまであったかくもなかったな。

「未来のために、今を変えなきゃ」

そう言われて英会話やって健康食品食べて、壺も買ったんだよね。

「君はもっと、綺麗なはずだ」

ふうん。高い化粧品使ってるんだけど、まだ足りない？　もっと買わなきゃダメ？

「愛してる」

ふううん。でも嬉しい。ホストの彼もそう言ってくれたんだよ。

「何もいらないから」

差し出したみかんを押しとどめられて、私は首を傾げる。ふううん。じゃあ、一つだけ質問。

「愛って、信じるといいことあるの？」

へえ、そうなんだあ。ふうううん。

ふうううううん！

都市伝説

Fieldwork

よお、久しぶり。とりあえずビール飲んでいいかな。お前は？　同じでいい？

あ、そう。んじゃまあ乾杯。お疲れっと。

で、用事って何？　え？　小学校の七不思議？　なんだよそれ。なに、お前そういうの研究してんの。都市伝説とかいうんだろ。それって、勉強の分野で言ったら何になるわけ？　民俗学、ああそう。

なるほど、それで俺か。近所だもんな。でも学区が違ったから学校はかぶってないよな。それでもいいのか？　土地が近ければ問題ない？　そういうもんか。

ああ、覚えてる覚えてる。ああいうの、流行《はや》ったよなあ。音楽室のベートーベンの絵の目が動くとか、理科室の人体模型が歩くとか。でもさ、不思議なことに、ああいうのって学校や地域が違っても、わりと似てるんだよな。

おっと、空《から》だな。すいませーん、おかわりくださーい。あと唐揚げとピザも。

そういえば、うちの学校のオリジナルってあったかな。んー、わり。思い出せないわ。確か、一つくらいはあったはずなんだけどな。じゃあ近所ネタ？　ああ、「銭《ぜに》ばあ」ね。あったあった。口裂け女とか、そういうパターン。

まあでも、本当のところ、あのばあさんって何者だったんだろうな。「銭やろかあ」って言いながら近づいてきて、握りこぶしを突き出されるんだっけ。俺？　俺は、そこまでしか見たことない。近づかれただけで、ビビってたから。確か「ください」って手を出すと、こぶしを開いて金を落とすんだよな。で、それを手のひらでキャッチできないと激怒して追いかけてくるんだろ？　それで、つかまったらどっかの国に売り飛ばされるんだっけ。

こういうのって、教訓なのかね。金を落とすとバチが当たる、的な。でも銭ばあは実在してたから、そこは後づけの理由かもしんないな。

今にして思うと、孤独な老人だったりして。

優しい？　いやいや。むしろ俺はひどいことしたよ。近づかれたとき、怖くてばあさんを突き飛ばしたことがあるんだ。だってほら、ガキから見たら、ボケ気味のばあさんってほぼモンスターじゃん。よろよろしながら寄ってきて、意味不明のことぶつぶつつぶやかれてさ。もう、チビリそうだって。

でもさ、俺、ガキの頃から背が高かったから、力も強かったんだよね。だから「来るなー!」って両手を前に出したら、ばあさん、うしろにすってーんって転んで尻餅ついて、そんときさ。

え? いやあ、なんかさ。言うのもやだね。そんとき、ばあさんのパンツ見えちゃったんだよね。それがさ、あり得ないくらい真っ赤なやつで。細くてしわしわの太ももの奥に、真っ赤なパンツだよ。インパクトありすぎでさ。

それで「赤パンばばあ」かって? いや、別に俺が名前をつけたわけじゃないよ。ただ、赤いパンツのことは話したけどさ。

でも、不思議なもんでそっからばあさんは二人になったんだよな。「銭ばあ」と「赤パンばばあ」。俺的には同一人物なんだけど、噂《うわさ》だともう全然別人になってたんだよ。

ああ、都市伝説ってこうやってできるのか。てことは、もしかして俺が作ったってこと? うわ、すげえな。だって「赤パンばばあ」って、今でも言ってるガキいるだろ? 俺、作者かよ。

ネットで検索すると出てくる? マジ? 俺、有名人じゃん。あ、なんだ。作者なんて出てるわけないか。そうか。都市伝説に作者いたらおかしいもんな。

へえ。赤パンって持ち物の設定があるのか。頭に赤くてでっかいリボンに、木の枝？ うわ、戦闘レベル上がってんじゃん。それでスカートの裾を片手で持って、「見るか？」って？ うえ、見ないだろ、フツー。

……で、「見る」って言うと、どうなるわけ？

スカートずっぽり被せられて、そのままどっかへ消える。なんだそりゃ。ばあさんの股間はブラックホールかっての。

ん？ 転んだばあさんがどうなったのかって？ 覚えてないなあ。なにしろ怖かったから、振り返りもせずに逃げたと思う。

あ、注文するなら俺のもよろしく。ちょっと腹減ってるから、サラダとパスタも頼むな。つか、ゴチです。マジでいいわけ？

フィールドワークって何？ あ、こういう聞き取りも調査なわけか。だったら堂堂と注文してもよかったな。俺、小心者だからさ。んじゃ、ハイボールと枝豆も頼むわ。

じゃあ今度はじいさんネタで？ はは、いたっけ。あ、いたな。「猫じじい」。覚えてない？　ほらほら、頭や肩の上に猫乗せて歩いてたじいさん。そんで会う奴ぜんぶに、猫抱かせようとするの。あれも怖かったなあ。俺さ、猫とかあんま好きじゃなかったし。

あれさあ、きったねえ猫だったなあ。ノミとかぴょんぴょん飛んでてさ。臭いもすげえの。うわ、食うときにする話じゃねえな。そういうのさ、爪でちょっとでも引っ掻かれたら、バイキンとかカラダに入り込みそうだろ？

猫は受け取らなかったよ。当たり前じゃん。押しつけようとするから、手で払ったら「ぎにゃん」とかいって、地面に落ちたな。つかさ、猫ってフツー着地うまいんじゃないの？　やっぱあれ、ビョーキの猫だったんだろうな。

生まれたての仔猫？　うーん、それって本当かな。まあ、確かにすごく小さかったけど、猫って子供でもうまく落ちるもんじゃないの？　フツー。

仔猫を抱えたホームレス？　そういう言い方すると、いい話っぽいな。え？　あの猫、あちこちに配って歩いてた？　マジかよ。あんな汚いじじいから、汚い猫貰う奴いるのかよ。ウソだろ。神経疑うよ。つか、貰った奴ごとえんがちょだわ。

——へえ、避妊手術。地域猫。今、そんなんなってるんだ。お前、ちゃんと研究してるんだな。

でもさ、そんな町、俺は帰りたくないね。ビョーキもらいそうじゃん。こっち出てきて正解、正解。お前もね。

あ、わり。うん、ライン。テキトーに返事しとくから、ちょっと待って。はいオッケー。ところでさ、二軒目行く？　行っちゃってオゲー？

——ああ、終電ね。なに、お前まだ実家暮らしなの。そうじゃない？　でも明日、朝イチの講義か。ならまあ仕方ねえな。

他に？　うーん、なんだっけ。ラッキー系も流行った気がする。なにかを見たらラッキー、みたいな。

四つ葉のクローバー？　違う違う、そういう女子っぽいのはよく知らないよ。俺が知ってたのは、なんだっけ。バイク？　あ、原チャリだ。十台見たらラッキー、みたいなやつ。

フツーにカウントするんだけど、ヤンキーが乗ってたら五台ぶんなのね。でもって、坊さんだと一台でオッケー。笑えるよな。坊主めくりかよ。あ、でもおばさんが乗ってたらダメなんだよ。それ見ただけで、そこまでのカウントがリセットされちゃうわけ。

でさ、ばばあとか、けっこ原チャリ使ってんじゃん。だからすぐラッキーがリセットされてさ、超ムカついたよ。せっかく友達とカウントして、あと一台ってときに、ばばあがのんきな顔で走り抜けてくの、マジ勘弁だから。

お前、そういうの気になんない？　だってアンラッキーなんて、嫌じゃん？　不幸だよ、不幸。だって俺、小心者だからさ。めちゃくちゃ気になったよ。つか、みんな気になってた。気になるだろ？　フッー。

だからさ、不幸はできるだけ防いだね。え？　いたずら？　違うって。そんな大げさなんじゃなくて、ばばあが原チャリに乗らないようにしただけだよ。前のタイヤ、針金でくくっておくとか、枝を排気口に差し込んでおくとかさ。

猫？　あー、お前よく知ってんなあ。もしかして共通の仲間とか、いた？　そうそう、猫じじいのちっさい猫、突っ込んだこともあったなあ。いやでも俺は触ってないよ？　ノミ嫌だし、猫、嫌いだし。

スーパーの駐車場とかでそれ見るの、楽しかったなあ。ばばあの悲鳴ってさ、これもホラーなのね。「ぎいやああー！」みたいな。つか、「きゃー」っていう女って、実在するの？　若い女になんかしたら、そういう声出すのかな。

事故？　いやあ、そんな深刻なもんじゃなかったよ。ま、せいぜいばばあがエンジンかけてノック起こして、駐車場ですっ転ぶだけ。腰を打って半身不随？　まさか。そんなすごいことになるようなの、見たことないし。新聞調べた？　へえ。で、原因はなんて書いてあったわけ。『悪質で猟奇的ないたずら』？　じゃあ俺たちじゃないよ。ん？　排気口から、バラバラの仔猫の死骸？　だって俺たち、バラバラにしてないもん。そんなひどいこと、しないって。

つかそういうのってさ、大抵後追いだよな。本家よりちょっとひどいことしたり、ちょっとアレンジ加えたりすんの。でも、アタマ悪いから、本家より捕まる率は高い。

まあでも、エンジンかけたと同時に、血煙がぶわっと噴き出したら、すごいだろうね。ばばあ、チビって立てないだろ。「ぎいやああー！」ってさ。

犬？　ああ、シェパードね。お前、ほんっとよく調べてんなあ。この時点で、レポートはA確実じゃね？

通学路の途中だったかな。シェパード飼ってた家。あれ、今だったら絶対通報されてるよな。だって、つないでなかったんだぜ。一応、柵はあったけど、犬が本気になったら飛び越えられるようなやつだった。

番犬っていうの？　あいつ、人が前を通るだけで吠えてたよな。ものすごくうるさくて、怖かった。そのせいか、「人食い犬」とか呼ばれてた。柵の前に手とか出すと、そのまま食われてなくなるって。

俺？　俺は怖がりだからさ、手なんて絶対出せなかった。でも、傘は使ったかな。一人で歩いてるとき、あんまりにも吠えられたから、つい「うるさい！」って鼻先を傘で突いたんだよ。そしたらあの犬、エキサイトしてさ。傘くわえて放さないワケ。

ぐいぐい引っ張られて、俺も食われると思った。だから、とっさに片手でシャーペン出して対抗したんだ。これ、明らかに正当防衛だろ。

もうさ、猫も犬もこりごりだよ。マジ勘弁。え？　「一つ目犬」？　なにそれ。もしかしてこれも、別バージョン出て二頭に増えてたみたいな？

なんかさ、こうして思い出すと、うちの近所ってろくな場所じゃないな。やっぱ、こっちに出てきて正解だわ。でもさ、お前もよく俺の居所がわかったな。

ああ、あいつね。そっか。そこがつながってたのか。んじゃ今度、俺も連絡しとくわ。ここんとこ、会ってなかったし。

そろそろ、時間だな。俺も駅まで帰るから、ぶらぶら歩いて行くか。

なに、印象がかわった？　俺？　俺はもともとこんなんだよ。穏やかになった？

違うって。何度も言うけど、俺は怖がりなガキだったから。もともと、すごーく穏やかだったんだよ。

あ、そこ曲がって。近道だから。わり。またライン来たわ。先歩いてて。うわっ！

んだよ、猫か。え。なに笑ってんの。いやマジだって。マジで俺、猫とかダメなの。「悪魔の小学生」も可愛いもんだ？　なんだよ、それ。つか、「悪魔の小学生」ってなに。

俺？　俺のことなの？　うっそ、マジ？　俺、都市伝説なの？

でもさ、ひどくね？　なんで悪魔？　俺、ただの怖がりなガキだったんだけど。

うん、見ればわかったっしょ。なあ、笑うなって。

つか、どうして俺って特定できんの？　証拠とかないっしょ。

え？　「銭ばあ」は、俺に突き飛ばされたとき、アタマぱっくり割った？　マジ？　それでもっとイっちゃって、スカートめくってたわけ。赤いリボンは、血を流したイメージで、木の枝は、身体が不自由になったから杖がわりに持ってた？

へええ。後日談ってやつか。んじゃ「猫じじい」は？　テントごと燃えた？　放火？　煙草《たばこ》の不始末ってやつかなあ。それともホームレス狩りとか。なんにせよ、熱で消毒できてよかったんじゃね。

ん？　なに立ち止まってんの。目の前、駐車場だね。うん、もう閉鎖されてる。おお、こっちこっち。あれ？　あれは仲間だよ。トモダチ。怖がらなくてもいいよ。紹介するって。

あ、うん。左側に立ってるのが、ばばあの原チャリに猫詰めた奴。あとね、右の端にいるのがフォロワーくん。あいつバカだけど、生き物切るのうまいから。俺？　俺はそういうの、全然ダメ。ほら、小心者だから。

あの犬、お前んちの犬だったみたいね。なに、復讐的なこと、考えてたの？　それともマジで、研究しようとしてたの？　まあ、どっちでもいいけど。

なんで？　なんでだろう〜？　なんでだろう〜？　って歌ってる場合じゃないか。つか、お前と同じことしただけだよ。他人の素性をネットで洗い出してくなんて、簡単。今は、便利だよね。

わかるっしょ。バレるっしょ。名前も知らないような奴から連絡来て、警戒しない方がおかしいっしょ。おごるって言われたら、余計に怪しむよね。宗教とかセールスかもしれないし。事前に、調べるよね。フツー。でもって、備えるよね。怖いから。

つか俺、お前が理解できねえわ。初めて会う奴と飲むとき、備えないとか。女でしょ？　女子でしょ？　痴漢撃退用スプレーとか、入れとかないわけ？　まあ、あってもあんま役には立たないけどね。

それでも横道、入んないでしょ。フツー。怖くない？　あり得ないわー。

そういやお前と連絡とった奴、あそこにいるよ。うん。トランクの中。

しょうがないよね。仲間裏切ったんだもん。

なに、泣いてんの。俺の方が泣きたいって。仲間に裏切られてさ。

まあいっか。お前一人暮らしだし、彼氏もいないし、実家にもほとんど帰んないし。一週間連絡がとれない程度じゃ、誰もナンも言わない感じだもんね。

なにして遊ぼっか。

楽しいよ？　だってほら、地元の伝説を研究したいんだろ？　フィールドワークしよう？　俺たちも、お前のこと、じっくり研究してやるよ。最後は、フォロワーくんと遊べばいいし。

ねえ。お前、「きゃー」って言うの？

洗面台　The Sink Bowl

初めまして。洗面台です。

ん？　それどっかで聞いたフレーズですって？　ああ、それはたぶん、親戚筋の流し台のことではないでしょうか。あのひとたち、よく喋るんですよ。ほら、ステンレス素材だから。温度変化でべこべこいってね。あと、色っていうか、見た目もうるさいですよ。やれ磨《みが》かれてぴかぴかだの、傷ついて曇《くも》っただの、騒がしいったら。

その点、わたしたち洗面台は静かなもんです。なにしろ陶器で出来てますもんでね、音なんざ出しゃしません。温度変化にも強いです。陶器ですからね、洗濯のりと熱湯を注がれようが、飲み残しのジュースの氷を流されようが、平気の平左《へいざ》です。まあ、重い石とかを落とされたら、どうなるか自信は持てませんけどね。割れるんですかね。怖いですね。でも、わざわざそんなことするひと、いないですからね。見た目もね、磨かれても傷ついても、そこまで変化はないですよ。そもそも、見た目がころころ変わるのって、ちょっとどうかと思うんですよね。下品っていうか。ねえ。やっぱり金属と陶器って、違いますよね。

わたし？　わたしはマンションに作り付けの洗面台です。はい。築二十年ですから、けっこうな歳ですね。でも、リフォームでも取り替えられなかったから、綺麗な方なんでしょう。

ボウルの色とか、鏡の裏の棚なんかはちょっと時代遅れかもしれませんね。あと、一度に出す水量も新しい洗面台には負けます。

サイズは、大きいですね。シャワーヘッドも着いていますから、便利ですよ。わたしが産まれた頃、『朝シャン』の需要が高かったみたいですね。え？　おわかりにならない？　あれですよ。若い方が、朝にシャンプーをすることが流行《はや》っていたんです。時代ですねえ。まあ実際のところ、わたしでシャンプーをされた方は、ほとんどいないんですけど。

ただ、幸いなことに、この機能は流行が過ぎ去っても歓迎されております。伸ばせるヘッドは、色々なものを洗いやすいんですね。そのおかげで、リフォーム対象から外されたのかもしれません。

仕事は、基本的にひとの受け皿ですね。水を出すだけなら流し台と同じですが、わたしはよりひとに近いところにいると自負しております。顔を洗った水、歯を磨いた後の水、手を洗った後の水。それから大切な衣類の洗濯や、花束の水受けなんて仕事は、特に好きです。

綺麗ですよ。というか、綺麗好きです。もともと流し台みたいに残飯を受ける機能もありませんしね。小さなゴミ受けがあるだけで、つまりそれって汚物を流す目的じゃないってことですから。

なのに、わたしの最初のご主人様はわたしに汚物を吐き出しました。まだ生まれたてでぴかぴかの頃の、わたしに。

「あー気持ち悪い」

そう言って近づいて来られたときは、ただ心配していました。だってそういうことは、トイレでされるものだと思っていましたから。

(顔を洗って口をゆすいだら、すっきりしますよ)

わたしは給水管をふるわせ、できるだけ下の方から冷えた水を取り出そうとしました。

ご主人様は、わたしに手をかけるとふと顔を上げて鏡を見ます。若い男性です。青い顔をしています。着ているのは、白いTシャツ。さっきわたしの横にある洗濯機に、シャツや靴下を放り込んでいたのでこれは下着ということでしょう。

「うー」

低くうなりながら、レバーを上げます。わたしは冷えた水を、気持ちよくほとばしらせました。さあ、どうぞ！

しかしご主人様は、わたしの縁に両手をかけたまま、動こうとしません。具合が悪いのでしょうか。ご主人様は流れる水を見つめながら、「うっ」と声を出します。そして次の瞬間、ああ、なんということでしょう。わたしに向かって嘔吐《おうと》したのです。

（な、なにをするんですか！）

わたしは驚きのあまり、管が詰まりそうになりました。いえ、実際詰まりかけていました。

ご主人の口から吐き出されたものはゴミ受けに詰まり、そのせいで洗面ボウルの中は汚物で一杯。あまりのことに、わたしの方が吐いてしまいたいほどです。

「うわ、やべえ」

しかしそれに気づいたご主人様がゴミ受けを外したので、ようやく汚物は流れていきました。わたしの管の処理能力の、ギリギリでした。

誰だって体調の悪い日はあります。だからそれを覚悟して、きちんと受け止めること。わたしは出荷前に出会った、古い洗面台の言葉を思い出しました。

「喜びの顔を鏡に映し、悲しみの涙をボウルで受け止める。そして病のときには、いかなる汚物たりとて引き受ける。それが洗面台というものだ」

その洗面台は、家の新築とともに設置され、ご主人が亡くなったあと撤去されたのだそうです。

「わたしは、しあわせな洗面台だ」

処理場へと運ばれる洗面台は、とてもおだやかで誇らしげでした。

わたしたちのような家族向けの洗面台は、かつてはよほどのことがない限り、ご主人様と一生を共にしたものです。ただ最近は不況のあおりか、一度買ったマンションを出たり、転売したりということもあって、一人の方にお仕えするのがなかなか難しくなってきているように思います。

でも、わたしはあの洗面台のように、一人の方にお仕えしたいと思っていました。

同じ頃に産まれた洗面台から「そんなの無理だよ」とか「時代遅れだ」と言われても、それがわたしの夢でした。

だから、受け止めようと思ったんです。第一印象で相手を決めつけてはいけないと。

なのに、ご主人様はわたしに向かって嘔吐を繰り返したのです。

一体、なぜ？

そもそも、一人住まいなのが不思議でした。

設置されるとき部屋の中を見る機会があったのですが、ここは3ＬＤＫのマンションで、いかにも家族向けという感じの間取りです。普通、こういった部屋に若い男性が一人で住むのは珍しいのではないでしょうか。

配管を使って信号を送ると、他の部屋の洗面台から情報が届きます。

（こっちは、年配のご夫婦二人暮らしだよ）

（うちは四人家族）

（六人って、間取り限界。洗面台もトイレも、毎日行列！）

やはり、一人暮らしの人などいません。それにご主人様を見ていると、この広さは不必要に思えます。なぜなら毎日朝早くに家を出て、帰ってくるのは夜中。リビングと寝室以外、使っている気配がないのです。

（ただのお金持ちなんじゃないですか）

下の階の洗面台に言われて、わたしは考えました。確かに、無駄なスペースにお金を払っているという意味では、ご主人様はお金持ちです。けれどわたしが見る限り、ご主人様は贅沢をしているようには思えないのです。毎日手に提げて帰ってくるのはコンビニの袋だし、洋服も高そうな物には見えません。

その上かなりの頻度《ひんど》で、お酒を飲み過ぎています。そして嘔吐します。

（一体、どういうお仕事をされているんだろう――）

もしかして、何か違法なことをされているのでしょうか。しかしわたしはあまりにも世間知らずで、人間の仕事といったものに詳しくはありません。

ただ、どういうことをされているにせよ、ご自分の身体は大切にしてほしいと思いました。

「同じようにやっても追いつけないって、どういう理屈なんだよ！」

「若いからとか、関係ないだろ」

「やり方が違って、当たり前だろ。畜生！」

ご主人様は日々、そんな言葉をわたしの前でつぶやいています。おそらく、仕事で誰かと比べられているのでしょう。わたしはそんなご主人様を見ていると、少し悲しい気持ちになります。

どんな洗面台だって、鏡に映したいのは笑顔です。


ご主人様と最初にこの場所で出会ってから、三年が過ぎようとしていました。

わたしは、ほっとしていました。一時期より嘔吐の回数は減り、怒りも小さくなってきたように見えたからです。そして週末には、笑顔も見ることができました。

これなら大丈夫。わたしは、この方と一生を共にするんだ。そう思っていた矢先、事件が起きました。

ある日、いつものように酔って帰って来たご主人様は、いつもよりもっと怒っていました。

「俺は俺だって、何度言ったらわかるんだよ……」

鏡の中の顔は、少し泣いているように見えます。

(何があったんです？　嫌なことは、ここで吐き出してしまってください)

ご主人様は水を出して軽く顔を洗うと、低い声でつぶやきました。

「――ふざけんな！」

バカにしやがって。そう言いながら、こぶしを振り上げます。そしてその手を、わたしのボウルに叩きつけたのです。

（やめてください！）

痛いです。痛いです。わたしも痛いし、あなたはもっと痛いですよ。わたしがいくら叫んでも、人間の耳には届きません。

がちん。硬い音と共に、鋭い衝撃が走りました。指輪です。ご主人様の嵌《は》めた指輪が、運悪くわたしにぶつかったのです。

（ひどい！）

わたしは、陶器で出来ています。金属を何度も打ちつけられたら、取り返しのつかない傷がついてしまいます。

（なんでこんなことを――）

毎日真面目に向き合ってきて、ようやく良好な関係になれたと思ったのに。わたしは、本来の寿命もまっとうできずに廃棄されるのか。

（洗面台は、ご主人様を選べない――）

わたしは泣きたい思いで、蛇口から水をひとしずく落としました。

かくなる上は、せめて噂《うわさ》に聞く、廃陶磁器のリサイクル工場というところに行くことができたら。そう思いながらさらなる衝撃に怯《おび》えていると、不意にボウルの中の一点が温かくなりました。

ご主人様が、そこに手を当てていたのです。

そしてああ、なんということでしょう。ご主人様は、静かにこうつぶやかれたのです。

「──悪かったな、八つ当たりして──」

信じられませんでした。ご主人様は、物に謝る心をお持ちの方だったのです。

(ちなみにこういう人間のことを、わたしたち水回りのものは『心洗われる人物』とお呼びしています)

ご主人様は指輪が当たった箇所に傷がないか確かめると、軽くうなずいて去っていかれました。その後ろ姿に、わたしはあらためて誓いました。

わたくしは、あなたにお仕えいたします、と。

ところで、不思議だったのは指輪です。昨日まで、ご主人様の指にこんなものはありませんでした。

（近頃は、男の人もお洒落《しゃれ》で指輪をするんだよ）

上の階の洗面台が、わたしに教えてくれました。けれどご主人様は、お世辞にもお洒落な方ではありません。しかもその指輪は、その日以来ずっと指に嵌まっているのです。そう、仕事の日も。

（じゃあきっと結婚指輪ね）

おめでとう。同じ階の洗面台が、給水管を震わせてくれました。

しかし結果から言うと、それは違いました。婚約指輪だったのです。


しばらくして、奥様がやってきました。

ご主人様は毎日楽しそうで、もう酔って帰って来たりしません。

わたしの鏡の裏の棚には、シェービングクリームとともに女性用の化粧品が詰め込まれました。リビングと寝室以外の部屋も掃除されたらしく、なんとなくマンションの部屋全体が、あるべき姿になったような雰囲気でした。

そういえば、奥様のおかげでこの部屋の謎も解けました。二人が仲睦《なかむつ》まじく歯を磨いているとき、ご主人様がこう言ったのです。

「このマンション、死んだ親父が頭金を入れてたんだよ。俺の跡を継ぐなら、この部屋に相応の収入と、家族を手に入れろってね」

「そうなの」

「病気がわかったとき、契約したらしい。何度も売ろうかと思ったけど、今は売らなくてよかったと思うよ」

どうやらご主人様は、若くして先代の跡を引き継がれたようです。古参の社員や仕事相手に、若い社長。酔って帰って来た理由も、言葉の意味も得心がいきました。

(幸せになられて、本当によかった!)

そう思っていた矢先、またわたしの前で不穏なことが起こりました。奥様の様子が、おかしいのです。

最初はただ、気分が悪いのだと思っていました。しかしご主人様の留守中、何度も嘔吐を繰り返す奥様を見て、わたしは不安になります。

給水管の噂で、そういう病気があることを聞いたおぼえがあります。心の病気だそうです。それにかかると、人はすごく頻繁《ひんぱん》に嘔吐を繰り返すようになるらしいのです。

「あんたも気をつけなよ」

トラックで運ばれているとき、隣に置かれていた洋式便器が言ってたのを思いだします。

「おれたちはもともと、汚物用だから平気さ。でもあんたらみたいに上品な管じゃ、すぐ詰まっちまうだろ。吐き癖のあるご主人に当たらねえようにな」

ま、あんたは大きいから家族用だろうし、大丈夫だろうけど。そう言ってがたがた揺れる洋式便器に、わたしはたずねました。

「あの、それってどういうことなのですか」

「その病気はさ、一人暮らしの人間に多いらしい。だからユニットバスが、一番被害に遭いやすいんだよ」

その病気には、女性がかかりやすいんだそうです。そしてその病気にかかると、普段食べないような量の食事をしたり、逆に何も食べなかったりするのだとか。

そして実際、奥様はおかしな食事をしているようでした。吐いた内容から、それがとてもかたよった食事であることがわかったのです。

(どうぞ、元気になってください)

わたしは青い顔をした奥様に、冷たい水をほとばしらせました。

しかし奥様の病気は、治るどころか悪くなる一方です。かたよった食生活を続けたせいで、奥様の美貌は損なわれ、おかしな太り方をしています。

（ストレスってやつじゃないのか）

隣の部屋の洗面台が、訳知り顔で言ってきました。ストレス？　でも奥様は、働いていません。なんのストレスがあるというのでしょうか。

（暇な主婦が、孤独に耐えかねて酒を飲んだりすることもあるらしいからな）

これには、温厚なわたしもむっとしました。

（うちの奥様は、アルコールなど飲んでいませんから！）

しかし、吐き続ける姿を見ていると、やはり不安になります。

さすがにその頃になるとご主人様も気づかれて、よく背中をさすってあげるところを見るようになりました。

つらい時期を乗り越えて、ようやく幸せになられたご主人様。その幸せを奪わないでほしい。わたしは管の遙《はる》か先にある水源に向かって、毎日給水管を震わせ祈りを捧げました。

その祈りは、別の形でかなえられました。

赤ちゃんが、産まれたのです。

（つわりがひどいと、そんな風になる人間もいるらしいわね）

別の階の洗面台が、教えてくれました。

わたしは心からほっとして、ひとりうれし泣きのしずくをこぼしました。

そんなわたしの前に、赤ちゃんを抱えた奥様とご主人様がやってきます。ああ、なんて小さくて可愛らしいのでしょう。わたしにも触れさせていただきたいけど、それは無理というものです。

「さて。じゃあはじめましょうか」

奥様はご主人様に赤ちゃんを預けると、なにやらビニールでできたものを、わたしのボウルの中に入れました。おや、これは何でしょう。

そのままお湯を出して溜めているところを見ると、洗面器のようなものなのかもしれません。

「うん。いい温度ね」

中に手を入れた奥様は、ご主人様から赤ちゃんを受け取ると、身体にまとわせていた布を取りました。

そして、ああ！　なんということでしょう！　わたしの中に、赤ちゃんをそっと入れたのです！

ビニールでできたものは「ベビーバス」というのだと、後日風呂場の蛇口が教えてくれました。

わたしは、張り切りました。小さな赤ちゃんに「ひやり」とした感触を与えたくなくて、必死に蓄熱しました。ええ、分厚い陶器ですからね。もとは冷たくても、きちんと温めれば湯たんぽみたいに暖かさが持続するんです。

そして、ああ。忘れられない。生まれたてのやわらかな肌が、わたしに触れたあの瞬間。赤ちゃんが、手を伸ばしてぺたりとわたしの縁に指をかけたのです。しあわせでした。洗面台として、もういつ壊れてもいいと思いました。

今はその赤ちゃんも大きくなり、初めての手洗いをわたしで練習しています。たまに水遊びをしてしまうこともありますが、そんなときはぴしゃりと水を飛ばして注意してやりますよ。

いえね、やんちゃ坊主なんですよ。小さな靴はしょっちゅう泥だらけになって、わたしの中でつけ置き洗いをされてますしね。そうそう、靴下もそうです。かかとなんか汚れ放題でね。あ、ちょっと前までは、おむつも洗ってましたね。最近は、めったに粗相《そそう》もしないんですけど。

ああ、喋りすぎましたね。最近、リフォーム済みの洗面台から配管越しによく言われるんですよ。古いやつはうるさくてかなわないとかなんとか。

でもね、いつかきっと彼らにもわかりますよ。洗面台としてのしあわせってやつが。

いつでも笑って廃棄場に行ける。そう思えるのが、わたしの自慢です。

どうぞあなたも、気が向いたらそっと、お宅の洗面台に触れてみてください。きっと、喜びますよ。

ちょん Automatic

昔、家の庭にオジギソウが植えてあった。

指でちょんとつつくと、ゆっくりとうなだれるように葉が下がってゆく。植物のくせに動物みたいで、なんとも面白い。そしてしばらくすると、また元に戻っているのがさらに不思議だった。

そんなとき、俺は必ずもう一度手を伸ばした。ちょん。

謝れよ。ちょん。

最近はあまり見なくなったけれど、それでもたまに街中で出会うことはある。そんなときは、必ずさっと撫《な》でていく。

お辞儀しろよ。ちょん。

「課長、本当にすみませんでした！」

頭を下げられ、俺は軽くうなずく。こうなるのは、わかっていた。

「ミスは、誰にでもある。次から気をつけろよ」

小声で言うと、新卒の部下が青ざめた表情でぶんぶんとうなずく。

まあね。このまま無罪放免してもいい。でも。

「――じゃあ、とりあえず反省の態度ってやつを示してもらおうか」

「はい？」

部下は、きょとんとした顔をした後、急におろおろしだした。

「あの、え、僕、じゃなくて私は」

俺は「ん？」という表情を作って、そのまま待つ。

「その――」

待つ。

「ですから……」

待つ。

「……すみません」

おお、謝った。

「何を謝っているんだ？」

そう言うと、今度は顔が真っ赤になった。

「——何をしたらいいか、わかりません。教えていただけないでしょうか？」

そこで俺は、ようやく笑顔を見せる。

「じゃあ、『課長に煙草《たばこ》をおごります』って、大きな声で約束してもらおうか」

「え？」

そんなことでいいんですか、という表情。そこで俺は、さも秘密めいた相談を持ちかけるように、煙草の銘柄を伝える。

「あ、カートンじゃなくて普通の箱がひとつでいいぞ。俺も、健康には注意してるんだ」

ぽかん。そして次に、笑顔。

「はい！　私は、課長に煙草をおごります！　いえ、おごらせてください‼」

大きな声が、フロア中に響く。

ざっ、と注目が集まる。こっちを向いた顔、顔、顔。

そんな中、俺は皆に向けて「まあ、いつものことだ」という雰囲気で苦笑してみせた。

しばらくすると、また全員が業務に戻る。元の形に。

「まーたお前、いつものやってただろ」

仕事帰りの居酒屋で、同期の奴に言われた。

「目立ちたがりめ」

「あれでいいんだよ」

俺はビールを飲みながら、にやりと笑う。

「ミスの後、あのままほっといたら、本人がいたたまれないだろ。だから適当なペナルティを与えてやった方がいいんだ」

「にしても、大声出させるのはどうなんだ」

「恥をかいた、という体《てい》になった方が周りも接しやすいだろ。同情よりも笑いに転化させてやってるんだから、むしろ感謝してほしいくらいだ」

「まあな。でも、毎回煙草ってのは芸がなさすぎだろ」

「女性社員のときは、板チョコにしてるぞ」

焼酎《しょうちゅう》の梅干しを口に入れた同期が、きゅっと口をすぼめる。

「うう、酸《す》っぺえ」

「なら食わなきゃいいのに」

「健康のためだからな」

こいつはいつも、焼酎のお湯割りを頼む。そこが唯一で最大の美点だ。


浜辺を歩くときは、岩場や潮溜まりを見るのが好きだ。満潮のときに水が入り、そのまま取り残されたミニサイズの海。小ぶりのイソギンチャクが触手をそよがせ、何かの稚魚《ちぎょ》がちらりと身を翻《ひるがえ》す。

こういうの、たまらないんだよな。水にそっと手を入れると、ほのかにぬるい。そのまま手を穴の縁に近づけ、あおぐように動かす。するとイソギンチャクの触手が、瞬時にきゅん、とすぼまった。

そよいでるときは優美なくせに、すぼまった途端、尻の穴みたいになる。それが滑稽《こっけい》で、何個もすぼませる。全部すぼませてしまったところで、ふと最初のやつを見ると、もう触手がそよいでいた。それを見て、ついにやりと笑ってしまう。

もう一周、できるじゃないか。

「お前、絶対楽しんでるだろ」

「まあな。今年の新人は、つつきがいがあるんだよ」

ひっでえなあ。笑いながら同期の奴は、店員に向かってグラスを持ち上げる。

「焼酎お湯割り、おかわり。梅干し入りで」

俺は微笑《ほほえ》んで、次のグラスの到着を待つ。本当にこいつは、愛すべき男だ。


たとえば猫。

知り合いが、飼っている。俺は元々、特に猫が好きというわけではなかったが、身近に接してみたら案外面白いものだと思った。

気まぐれとか、しなやかさなんてのは別にどうでもいい。美しさなんてのは、絶対評価じゃないし。

面白いのは、腰の辺り。背骨にそってなぞっていくと、ある地点で尻尾が上がってぴんと伸びる。それはほぼ、必ず。そこを掻いてやると、尻尾と共にくっと腰が上がる。そのときの猫は「あれっ？」という顔をしていて、自分の意志とは違うところで体が動いているような感じがする。

気になったのでネットで調べてみると、性感帯と書いてあった。その真偽はさだかではないが、とりあえず敏感な場所ということだろう。

以来、外でも猫に出会ったら掻いておく。そう、もれなく。

とりあえず書いとけ。部長はよくそう言っている。

「社内プレゼンの企画書なんてのは、タイトルと大まかなことだけ書いとけばいい。まずは喋りで通せ。細かい部分は、ゴーサインが出てからでも遅くない」

わからない理屈ではない。ただ、ちょっと力業《ちからわざ》なだけで。

「ですから――」

こないだの新人が、企画書を見つめたまま言葉に詰まった。そりゃそうだ。そこには、大まかなことしか書いていない。

「その先は、どうなってるんですか?」

軽い突っ込みに、真っ青になる。

「あ、あの。それは――」

部長の言葉を真に受ける方が馬鹿なのかもしれない。でも少しだけ、気の毒な気がした。だから。

「あー、すいません」

言いながら片手を上げると、全員がさっと顔を向けた。

「つまり君は、こう言いたいんですかね」

企画書の言葉から推測して喋ると、新人君がほっとしたようにうなずく。

ああ、これでまた、煙草が増えるな。

外に出たついでに、いつもの場所に立ち寄る。今日は高架下だ。

壁際にへばりついた、ブルーシートと段ボールの群れ。俺はそこに向かって声をかける。

「煙草欲しい人、手ぇ上げてー？」

がさがさと音がして、勢いよく数人が顔を出す。ものすごい笑顔。

「はいっ！」

「はい！」

「はーい！」

小学生のように元気のいい返事をした奴から、俺は煙草を放っていく。人数分はないから、終わったらそこまで。

「はい。今日は品切れ～」

俺が空《から》の手を見せると、笑顔がすっとひっこむ。そしてそのまま全員が、ブルーシートの中に無言で消える。

戻りの早さだけでいえば、これが一番かもしれない。だから爽快感がある。

明日は、河原でやるかな。


搔くといえば、カメもそうだった。

甲羅の中心あたりが、敏感らしい。学生時代、カメを飼っている友人が教えてくれた。

「洗うとき、ここをこすると暴れるんだよ」

なんか大切な場所なんだろうな。そう言いながら、友人はそこをわざとこすった。ばたばたばた。暴れるカメを押さえつけたまま、そいつは笑う。

「ははは。なんだこれ。ははは」

Sっぽい奴だった。


『非常時以外、押さないで下さい』と書かれたボタンの前で新人君が立ち止まる。

「こういうのって、逆に押したくなりませんか?」

「ああ、まあ、そうだろうな」

「高いビルの屋上とか、ホームの端っことか、カミソリの刃とか、たまらないタイプなんですね。こわいのに、こわいもの見たさが止まらなくて」

「一歩を踏み出してしまいそうで？」

「そうです。あと、単純にボタンに弱いです」

いるいる、こういう奴。でも俺は、機械には心魅《ひ》かれない。あと、危険と背中合わせの興奮も、別にどうということはない。

「課長は、こういうのないんですか？」

「うーん、あるかなあ」

強いていえば、生物の反射的な動き。あるいは、偶発的に起こる集団でのシンクロニシティ。そしてそれが「何ごともなかったかのように」、元に戻ること。

「ま、少なくとも、ボタンじゃないな」

機械が自動的なのは当たり前。でも、生物なのに自動的なのは面白い。

「じゃあ、なんなんですか」

「うーん」

お前とかね。

生物には、機械にないゆらぎがある。だから同じことをしても、同じ反応が返ってくるという確信はない。そこがいい。

たとえば枯れかけたオジギソウは触っても動かないし、不機嫌な猫は掻かれることを嫌がるだろう。中でも、もっともゆらぎが大きいのは人間。生物としての反応が、社会的慣習や体面に縛られて現れにくい。だが、逆にそれを利用すれば、面白いくらい簡単に行動を操作できるときがある。

たとえば、会社に入りたての新人。刷り込み情報に溺れて、言われたことを鵜呑《うの》みにする。

だからちょっと、つついてみたくなる。

たとえば、昼飯に誘う。社食や牛丼じゃなくて、軽めのイタリアン。値段は気にするほどじゃないけど、「おごられてる」感じにはなる店を選ぶ。

「——でな、おかしいんだよ」

話しながら、ちらりとテーブルの上を見る。先に配られたサラダとスープは、手つかずのままだ。よく教育をされてるな。これは、期待ができる。

「——どう思う？　笑うよな、これ」

相手のパスタが到着。俺は話し続ける。

「それでこれがまた、ひどい話なんだ」

俺のハンバーグがテーブルに置かれる。でも俺は、それを無視して話し続ける。冷えてゆくパスタ。うなずきながらも、どこか切なそうな表情の新人君。そこで俺は、さも今気づいたかのようなフリをする。

「おっと、忘れてた」

飯が冷めちまうよな。すまんすまん。そう言いながら、ナイフとフォークを手に取る。ほっとしたように、新人君もフォークを持ち上げる。俺はハンバーグを切り分け、フォークに刺して口元に近づけた。そして新人君がパスタを巻きつけたフォークを口に運んだ瞬間、「あ」とつぶやく。肉は、口に入っていない。

彼の手が、ぴたりと止まった。

「どうしたんですか」

「いや。ちょっと思い出したことがあって」

かちりとナイフを置く。

「大事なことですか」

「そうでもない。プライベートだよ」

そうですか、とうなずいた新人君の前で、俺は再びフォークを持ち上げる。すると新人君も、ゆるゆるとフォークを口に近づける。そこで俺は、また「あっ」と声を上げる。

パスタが、唇の前でぷらぷらと揺れている。

「あの……やっぱり、大事なことなんじゃ」

「うん。まあ、そうかもな」

そんな感じで、数回繰り返した。

新人君の手が、そのたびに上下運動を繰り返す。それが面白くて、やめられなくなった。手つかずのまま、料理が冷めてゆく。

ははは。何回やったら、怒るかな。

やがて新人君の腹がわかりやすく音をたて、俺はようやく肉を口に運んだ。

しつけのいい犬は、たまらないね。


それでも、頭は悪くない。

「課長、わざとやってるんでしょう」

何回目かで、ついに新人君は料理を口に入れた。まあ、そうだろうな。わかるよな。馬鹿じゃないんだから。

「ああ、ようやく気づいたか」

「ひどいですよ。からかってたんですか？」

半年が過ぎて、そこそこなじんできた関係。おずおずとした軽口。

軽く、叩いとくか。

「――そんなわけ、ないだろ」

「え？」

「試してたんだよ。お前のビジネスマナーを。これも上司の仕事だ」

いかにもつまらなさそうな顔で、肉を口に運ぶ。すると新人君の顔が、さっと青ざめた。

「取引先と一緒に飯を食ったとき、恥ずかしくないように指導する。とんだ時間外労働だが、おろそかにはできない」

「あ。そ、そうだったんですか……」

「それを、からかう、とはね――」

ふっと自嘲的に笑ってみせると、新人君はがばりと頭を下げた。

「す、すみませんでした！」

馬鹿じゃないから、面白い。

これでもうしばらくは、遊べそうだ。
謝れよ。
ちょん。

もうすぐ五時　It's Time to Five

駅前の広場。花の植えられた円形の花壇《かだん》を中心に、ベンチが周囲を囲んでいる。さらに花壇の中央には、楽隊の人形がついたからくり時計。

お約束だ。私はスマートフォンの画面を見つめて、唇を嚙み締める。何度取り出して、時間を確認しただろう。待ち合わせの時間から、もうすぐ二時間。メールは出したが、返信がない。電話は通じない。これはもう、あれだ。ドラマでよく見る展開だ。

待ち合わせしていたのは、三時。うまくいっていれば、二人でカフェに入ってお茶でも飲んでいた。なのに私は今、屋外のベンチで震えている。

木製のベンチでよかった。秋のすうっとした空気の中、鉄やコンクリートに座っていたら、腰が冷えてしまう。冷えは、大敵。身体はとにかく、あたためないと。私はバッグの中から保温タンブラーを取り出し、ジンジャーティーを飲む。

三十三歳。絶対結婚すると自分も周囲も思っていた相手にふられた。もう年内には結婚している予定だったのに、相手に若い女ができた。ショックだった。でももっとショックだったのは、私のタイムスケジュールが崩れたことだった。だってこれから恋愛して結婚して、手順を踏んでいたら一体何年かかる？　そのとき私は何歳？　妊娠の確率はどれくらい？

だからつい、こう言ってしまった。

「お願い。最後にデートして」

今日はもちろん最高にセクシーな服で、メイクもばっちり。会いさえすれば、こっちのものだと思っていた。でも、来るわけがなかった。来ないとわかっていたけど、そうせずにはいられなかった。だって、妊娠しやすい日だったから。

私は少し離れた場所にいる、男の子の集団を見る。小学校の高学年だろうか。大きな声で喋っていて楽しそう。私が二十代で出産していたら、あのくらいの子がいてもおかしくないんだな。そう考えると、鼻の先がつんとしてきた。嫌だ。こんなところで。

「あと二分だぞ」

そう言われて、ぼくは首をあんまり動かさずに「うん」と答える。でも、もう無理かもしれない。三分なんて言うんじゃなかった。

「目をずっと開いてられんの？」

「マジで？　おれ、一分もムリ」

「オレもオレも」

みんなが「すげえ」って言うのが嬉しくて、ホントの最高記録は一分半だったのに、つい多めに言っちゃった。

「あと一分四十秒！」

痛い。痛いよ。なんか目の表面がちくちくしてきた。でも、ここで終わったら「うそつき」になる。だから我慢しなきゃ。

目が、見えなくなったらどうしよう。お医者さんに行くのは嫌だ。でも、お母さんに言うのはもっと嫌だ。きっと、ものすごく怒られる。

でも、痛い。痛くてもう、無理。

ぼくは時計の方をそうっと見る。ああ、もう動かすだけでダメだ。時計まで見れない。目の端に、なんか声を上げながら腕を振り回してるお兄さんが見える。

「あと少し！」

でも、もう開けてられない。無理だよ。あっ。

電話の相手が、あり得ない言葉を言った。俺は思わず、片手で『待て』のポーズをしてしまう。

「え？　ちょっと待って下さい。今、なんて？」

だって今は九月末で、俺は四年で、なに？　今からまたシューカツ始めろっての？　ウソだろ。

「まだ在学中なら時間があるって言われても。だって俺、御社しか内定もらってないんですよ」

もう、友達どころか親にも言っちゃった。それを今さら、取り消し？　つか、こういうのって労働基準法とかそういうのに違反してるんじゃないの？

「事情が変わったって、そんな」

友達には、学食のカツ丼をおごってもらった。親には、お祝いだってスーツ買ってもらった。じいちゃんとばあちゃんは、これが最後のおこづかいだって五万円くれた。でもってカノジョは、これでいつでも結婚できるねって笑った。

「きちんと説明して下さいよ！」

拳を振り上げて、ベンチの背もたれを殴る。痛い。

声を荒らげた時点で、なんかこのカイシャにはもう入れないんだろうなって気がした。でも、ここで電話を切ったらそれでおしまいだ。

「教えて下さい。内定者全員が取り消しなんですか。それとも、俺だけなんですか」

担当者の答えは、微妙。俺を含めて、数人が取り消し。

「その理由は何なんですか？」

相手が、つかの間黙り込む。これってたぶん、自分たちの方が悪いって証拠だろ。

俺はそこを突っ込んでみた。

「数人だから、電話で？　それっておかしいですよね。文書にしてこないってことは、この記録を残したくないってことですか」

駄目なら駄目で、相手を訴えてやる。そのくらいの気持ちで強く出ると、相手はぽつりと声を出した。

『――コネだよ』

「え？」

『部長の親戚と、取引先の息子。その二人が、ことごとく就活に失敗した。それを、うちが引き受けたんだ』

苦々しげな声。担当者としても、納得がいかなかったんだろう。

『訴えてもいい。でも個人的なアドバイスとしては、裁判沙汰にするよりも、在学中に就職活動をした方がいいと思う。裁判は金と時間だけかかって、君に仕事をくれるわけじゃない』

「そんな……」

じゃあせめて、俺が取り消し対象になった理由を教えて下さい。そうたずねると、相手は小さく笑った。

『君、自分の大学のランクくらいわかってるでしょ』

俺の片手が、ぱたりと下がる。なんだそれ。

『それじゃ、もうすぐ終業時間だから』

会話が、ぷつりと切れた。俺は呆然と時計を見る。五時が近い。花壇の側《そば》では、なんか二人でげらげら笑いあってるカップル。俺だって、さっきまではそっちの仲間だったはずなのに。

カノジョに、なんて言おう。じいちゃんとばあちゃんに、五万返さないと。うつむくと、自然ににじむものがあった。くっそう、こんなことで流す気はねえぞ。でも、重力には負けるかも。くっそう。


笑って笑って笑いすぎて。お腹が痛い。わけじゃない。痛いのは喉だ。

「いーやいやいや！　そんなアホな！」

できるだけ声を張って、相手のお腹にパンチをぶっ込む。

「うう。そんなつもりじゃ！」

大げさに身体を折り曲げる彼。ほら、もっと顔も歪《ゆが》めないと。違うよ。本気で痛そうな顔じゃなくて、わかんないかなあ、笑えるためのデフォルメされた表情だよ。

「ちょっとあんた、こんなんでどれだけ他の人に伝わると思ってんの？」

これは元々の台詞《せりふ》。あたしたちは、いや相方は、このくらい現実にそった台詞でもないと真実味が出ない。

「伝わるでしょ。二人くらいには」

「少なっ！」

言いながら、心の中で怒り狂う。だからさ、台本どおりじゃなくて、目の前を見てものを言えってハナシだよ。

あたしたちの近くには、とりあえず四人の大人とひと組の子供グループがいる。他にも通行人はいるけど、この場所から動いてないのはその人たち。だからここは「四人くらいには」が正解。あるいは、一番近くにいる大学生っぽい男子を示して「そこの携帯で話してたお兄さんくらいには」とかさ。そしたらあたしも「電話してたんだから、聞こえてるわけないっしょ！」とか返せた。なのに、ああ。最悪、騒いでる小学生を巻き込んでも、それなりに注目は集められただろう。

どうしてこんな奴と組んじゃったんだろう。

相方は、顔がタレントっぽいだけが取り柄の奴。その鼻につくタレント気取りが逆に面白くて、あたしがそれをいじってたらコンビができた。でもさ、そっからちっとも成長しない。いや、成長する気がないんだ。

たった一回、女性誌のすみっこに『売り出し中のイケメン芸人』と書かれたくらいで、相方は顔を歪ませなくなった。わかんないかなあ。顔のいい奴が、あえて歪ませるから面白いんだよ。

だからこれは、荒療治《あらりょうじ》。こういう外でのライブをこなすことで、実力をつけようと思った。けど、大失敗。誰もあたしたちの話なんて聞いてないし、ましてや笑ってなんかくれない。特に一人で座ってる女の人。あの人は、こっちを見ることすらしない。こんなに大声で、こんなに騒がしくやってるのに。

「なあ。こんなの、いつまでやらなきゃいけないんだよ」

これだけは実感のこもった、相方の台詞。そこであたしは、アドリブをぶっ込んでやる。

「五時までだよ。五時になったら、別れる。あんたとはこれまでだ」

「――え？」

相方の顔が、不安そうに歪む。そうだろうね。あんた、養成所であたし以外の誰にも声かけてもらえなかったもんね。かといって、タレントになれるほどはカッコよくない。『芸人にしては』っていう枕言葉がなきゃ、あんたなんかただの若い男だ。

それでもって、そんなあんたのことを好きになったあたしは本当にバカ。

「あと三分。その間に面白い一発ギャグができなきゃ、本当に別れる」

「え。えっと、その」

ここで情けなくすがりつくこともできないのか。わざとらしく声を上げて「捨てないでくれよお」と言えば、笑いがとれるでしょ。

だってあたしは、ブスなんだから。

なのに、あんたは。

「俺には、お前しかいないんだ」

真っ正面からなに言ってんの。

「一生、お前と組む」

だからさ。嬉しくないでしょ、それ。あたしにとっては、失恋決定なだけだっつの。

「あと十秒」

両手をがしっと握られて、なんだかもう。

おかしくておかしくて、こっちが笑うわ。もうね。

そのとき、時計の針が五時を指す。

鐘の音が辺りに響き渡り、からくり人形の楽隊が明るい音楽を奏ではじめる。

それを見上げたまま立ちつくす人々が、心の中でぽつりとつぶやく。

もう泣きたい。

鍵のかからない部屋　The Key

　誰かが私の名を呼んでいる。

「〇〇さん、〇〇さん」

　女の声だ。優しげではあるが、多分に事務的で個人的ではない響き。深い眠りの淵《ふち》をぶしつけにサーチライトで照らされたような不快感。私は、むっとして口をつぐむ。

「〇〇さん、〇〇さん。……起きていないのかしら？」

　返事などしてやるものか。そう思いつつも、私は軽く薄目を開けようとした。しかし、目はほんの一瞬外界を捉《とら》えた後、あっという間に幕を下ろしてしまう。私は目覚めつつあるはずなのに、何故《なぜ》。

　もう一度、今度はまぶたに力を込めて目を開けてみる。すると必要以上に明るい照明が眼球に突き刺さった。まぶしい。どうしてこんなに明るい部屋にいるのだろう。私は少し薄暗いような、自然光の入る部屋が好きなのだが。しかも、力を込めたはずのまぶたは今度もあっけなく閉じてゆく。まるで誰か見知らぬひとの手で、無理やりに引き下げられてゆくかのようだ。逆らえない。一瞬のパニック。起きあがろうとしても、肘《ひじ》から先の手が弱々しく動くだけ。自分の身体が、自分の思うとおりに動かない。今、私はどこにいる？

けれど声の主はそんな私の動きを見逃さなかった。

「あら、やっぱり気がつかれたんですね。わかりますか？」

わかるって、何が。女の姿を見ようと、私は再度まぶたを持ち上げる。するとそこには、白っぽいワンピースを着た若い女がいた。その瞬間、私は現状を理解する。

「終わりましたよ」

そうか、ここは病院だ。

＊

命に関わるような病ではなかった。ただ、手術を受けた方がいいと勧められた。

入院期間は長くても一週間くらい。術後は二日ほど寝たきりになると知らされていた。

寝ているのは二日間だけでいいなんて、楽ですね。記憶の中の自分が無邪気に笑っている。馬鹿。この状態のどこが「楽」だと言うのか。

「○○さん、どこか痛いところはありませんか」

ありすぎる。ありすぎてどれから告げたものか迷うほどだ。私はおそるおそる、考えないようにしていた身体感覚に耳を澄ます。さて、どこが動かなくてどこが一番痛いのか。腹だ。

「……」

腹が痛い。そう告げようとした。告げたつもりでいた。しかし、声が出なかった。そもそも、口の上には酸素マスクが着けられていたのだ。

「どこですか?」

看護師は、わずかに動いた私の口を見て再度問いかける。彼女は酸素マスクをずらして、口に耳を寄せた。だから、腹だ。腹が痛い。うったえようにも、口の中が乾いて舌が動かない。手術中、ずっと喉に管を通しているので術後は喉が痛む方もいますよ。そう言われていたことを不意に思い出す。つまり私は「痛む方」なのだ。

意識してしまったせいか、痛みは増したような気さえする。先刻までは、どろどろとした正体の分からない不快感が精神までも包み込んでいた。そのせいで私は、自分が今どんな状況に置かれているのかもわからず、熱っぽい眠りの沼にただとっぷりと浸かっていた。それは確かに嫌なものではあったが、今となってはそれすらも慈悲のように思える。

こんな不快な状況を自覚してしまうこと。それこそが悲劇だ。

「……」

は、ら。口の形はそうなったはずだ。私は看護師の読解能力に期待する。他人に期待など、ここ数年したことはなかった。それも初対面の人間にならなおさら。

「おなか？　おなかが痛いんですか」

通じた。しかしうなずくこともまたできない。合っているのだと、伝えたい。私はゆるりと左手を動かし、震える指で腹の方向を指した。

「ああ、はい。おなかなんですね。すごく痛いですか？　必要なら痛み止めを出しますけど、そうしますか？」

ぜひともそうしてほしい。今や私の腹は、針千本を飲み込んだように鋭い痛みに覆われているのだ。看護師が姿を消して数分後、戻ってきたときには薬らしきものを手にしていた。これで楽になる。しかし、安心するのは早かった。

「座薬なので、下から入れさせていただきますね」

信じられない言葉を反芻《はんすう》する余裕もないまま、看護師は動けない私の布団をめくり、さらにはお仕着せの手術着をめくり上げ、あっという間に薬を私の体内に収める。出口から強引に入れられた物体が気持ち悪いことこの上ない。看護師の指先は、事務的な強引さで一連の動作を行う。

抗《あらが》えるわけがない。それに、抗う必要がない。これは治療なのだから。そう言い聞かせていないと、無辜《むこ》の看護師に恨みを抱いてしまいそうだった。

管と針で寝台に縫い止められた私は、パニックと背中合わせの状態で過ごさねばならない二日間を思い、絶望的な気分になる。

＊

腹の中にできものが出来ているのです、と医師は言った。即座に浮かんだのは死亡率の高いあの病だったが、医師はそうではないという。死に至る病ではありません。ただ、このまま放っておくと腹の中で大きくなり、しまいには膿《う》んでしまう。そうなる前に、手術をお勧めします。そう、言っていた。

手術をするまでに、何回か通院した。私の住む部屋からは徒歩圏内にある病院だから、通うのは楽だった。いざ手術という前の週、医師は不審そうな顔で私に問う。

「ご家族の方は」

いない、と言っておいたはずだが。両親とは幼い頃に死別したし、私は一人っ子だ。これが死に至る病だったのなら、書類の都合上遠い親戚でも頼ったかもしれないが、今回はその限りではない。しかし、手術を前にして一人の知人も連れてこない患者というのも珍しいのかもしれない。ひとりずまいで、つれあいもいないのです。私はつとめて冷静な表情で医師に説明した。ただ、そこには小さな嘘が一つだけ含まれている。

家族はいない。が、私の部屋の鍵を持つひとはいる。

*

物心ついたときから一人で生きてきた。だから私は一軒家に住んだことがない。マンション、アパート、下宿。名前こそ違っても、私はいつも小さな部屋に住んでいた。そんなだから、鍵は一つでまかなうことが出来た。

たまにテレビで目にする若者は、よくズボンのベルト通しにじゃらじゃらと鍵やら鎖やらを下げている。それを見て、私はよく不思議に思った。もし一軒家に住んでいるとしても、あの鍵の多さはなんだ？　別荘でも持っているというのか？　そんな私の問いに、あのひとは笑って答えた。

「一軒家には、裏口というものがあります。だからまずそこで鍵は二つになるんですよ。さらには車やバイク、それに自転車を持っていれば鍵は複数になるんじゃないですか」

なるほど、確かに私は自動車やオートバイ、さらには自転車すらも所有したことがない。

「あとはスーツケースの鍵、部室や会社の鍵を下げている人もいるかもしれませんね。恋人がいれば、その部屋の鍵も下げるでしょうし」

もしかすると鍵を下げるということは、所有物を見せびらかすための行為なのだろうか。私のつぶやきに、あのひとは軽くうなずいた。不必要な鍵まで下げている人が、あの中にはきっといますよ。

では、誰かに自分の鍵を下げてもらうという行為はどうなるのだろう。あなたに鍵を下げてもらっている私は。隣で無邪気な笑顔を見せるあのひとに、私はその問いをぶつけることは出来なかった。

＊

小さな部屋に暮らすことに慣れた私にとって、病室はむしろ広くさえ感じた。小さなロッカーは私の部屋の物入れとほとんど同じ大きさだったし、申し訳程度の応接セットに至っては自室より豪華な付属品と言えよう。

しかし身動きの出来ない者にとっては、それもまた無用の長物。付き添いの家族も来ないとあっては、なおさらだ。

「失礼します」

短いノックの音とともに、素早い足どりで看護師が寝台に近づいてくる。

「○○さん、御気分はいかがですか」

良いわけがない。痛み止めが効いたのか、腹はだいぶん楽になったが、そうなったらそうなったで他の部分が気になって仕様がない。

「ん、お小水も良く出てますね。順調ですよ」

寝台の脇にかがみ込んだ看護師の口から、またもや信じがたい言葉が出てきた。そうか。寝たきりで過ごすのだから、下の世話をされて当然なのだ。どうやら私の下半身には管が差し込まれているらしい。どこまでも人間性を奪われていくようで、私は少し恐怖を感じた。

そもそも、今が何時なのかもわからない。入院の手引きには時計を持ってくるようにと書いてあったから、腕時計を持ってきたのだが、それはテーブルの上に置きっぱなしになっている。その、時計を見ることすら今の私には出来ないのだ。吊り下げられた点滴とその向こうに広がる天井、それに枕の左右だけが私の世界だ。

あの不快な目覚めから、おそらくは数時間が経過しているはず。なぜなら先刻は開けられていたカーテンが閉まり、部屋には煌々《こうこう》と灯りがついているからだ。

さらにノックの音が響き、看護師がもう一人入ってきた。

「点滴の替え、持ってきました」

私の脈や血圧を測る看護師の脇で、もう一人が手を伸ばしてビニールパックされた液体を管につないでいる。相部屋にしなかったのは、こんな状況を想像してのことだ。

一人暮らしの長い私は、他人に踏み込まれることを最も嫌う。それは部屋だけの話ではなく、つきあいの部分でもそうだ。世の中で一番苦手なのは、ぶしつけな人間。もし相部屋にそんな相手がいたら、私は耐えることが出来ないだろう。

「じゃ、○○さん、失礼しますね。何かあったらこれを押して下さい」

左手の横にナースコール用のボタンを置いて、看護師たちは去っていった。私はゆっくりと手を伸ばし、それを摑《つか》んでみる。大丈夫。これを押すことくらいは出来そうだ。

*

術後は熱が出ます。それは身体が傷を治そうとしている自然な流れですから、不安に思うことはありませんよ。一時間後に検温に訪れた看護師は、私の耳元でそう囁《ささや》いた。ということは、熱が出ているのだろう。麻酔のなごりでぼんやりしているのだとばかり思っていたが、さにあらず。これは発熱によるものなのだ。どうりで、やけに喉が渇く。

「……」

水を飲ませて欲しい。そう言ったつもりだった。

「ん？　なんですか？　まだ痛みますか？」

しかし乾ききって膨れあがった舌は、相変わらず音を伝えようとはしない。私は指で口を示す。

「ああ、喉が渇きましたか？　でもごめんなさい。朝までは飲めないんですよ」

水を飲むことが出来ない。それもたったの数時間。なのにこの絶望感は何だろう。このまま喉が渇き続ければ、二度と喋ることが出来なくなる。あるいは、看護師のいない時間にひっそりと気道を貼り付かせて息絶えそうだ。口内の不快感は、良くない想像をこれでもかと刺激する。

そんな私の表情を読んだのか、看護師は吸い口を持ってくると言ってくれた。

「飲まなければ、口をゆすいでも結構ですよ」

腎臓の形をした水受けを私の頬に当て、看護師は口に水を注いでくれる。甘露《かんろ》。しかし口内の乾きは、私が思っている以上に難敵だった。口をいくらゆすいでも、粘つく唾液が糸を引く。血痰《けったん》のようなものは、どうやら喉へ管を入れた時に粘膜が傷つけられたせいで出るらしい。

一度甘露を味わってしまうと、以前の状態に我慢が出来なくなった。なので私は、喉が渇くたびナースコールで看護師を呼びつけてはうがいをせがむことになる。

一度味わってしまったせいで後戻りがきかなくなったことは、人生に於《お》いても存在する。

あのひとは私の手にそっと指を絡めながらこう言った。

「あなたの部屋の鍵を持つことが出来て、本当に嬉しいです」

あのひとの少し冷たい指先。柔らかな栗色の髪。洗濯の行き届いた衣服の香り。その全てを私は好ましく思う。あのひとが食事時に盆を運ぶ危うい手つきも、ドレッシングを振る時のおどけた表情も、全てが愛おしい。

早く回復して、あのひとの待つ部屋に帰らなければ。そう考えることで、私はこの不自由な状況をなんとか乗り切れるような気がしてきた。

この夜を越えて、もう一日。そうすれば身体は自由になる。

＊

しかし、いくらあのひとのことを考えて心を慰《なぐさ》めようとも、この状況にはいいかげん嫌気がさしてきた。

「○○さん、御気分はいかがですか」

「○○さん、検温です」

「○○さん、血圧を測らせてください」

ほぼ一時間おきに、二人の看護師と一人の医師がかわるがわる私の部屋を訪れる。容態が急変する可能性のある患者ということかもしれないが、普段あまり他人と話さない私にとっては、彼らにいちいち相づちを打つだけでもうんざりする。はい、痛くないです。いいえ、熱はまだ下がりません。声が出ないので、こうしてうなずくしかないんです。けれど熱があるので、頭を振るとくらくらします。

事務的な素早いノックの音が響くたび、私はびくりと頭を動かす。それにしても、このプライバシーのなさはどうだ。病室というのは鍵のかからない部屋なのだから、それも我慢しなければいけないのだろうが。

排泄物を人目にさらしたまま、口の回りを唾液と血痰で汚して私は横たわっている。先刻から鼻が痒《かゆ》いと思っていたら、どうやら鼻血も少し出していたらしい。ひからびた血の固まりが、鼻の穴からごそりと出てきた。人の身体というのは、存外丈夫な部分と、驚くほど壊れやすい部分で出来ているのだな。凝固《ぎょうこ》した黒い血を見つめて、私はため息をつく。

壊れやすい。あのひとはよくその言葉を口にした。

「あなたとの関係は、とても壊れやすい、とても繊細なものですから、こうして鍵をかけておかなければいけないんです」

そう言って、私の口のあたりで鍵をかける仕草をする。さらにその鍵は下方に向かい、胸の前でも同じ動きがくり返された。

大丈夫。心配しなくても私は誰にも二人の関係を喋ったりはしないよ。あなたの微妙な立場はよくわかっているからね。私がそう囁くと、あのひとは静かに微笑《ほほえ》んだ。その笑顔がもう一度見たくて、私は何度も同じ台詞《せりふ》を繰り返した。

大丈夫。心配しないでいいよ。大丈夫。

*

寝たきりの二日目が過ぎようとしている。昼に点滴は外され、上半身は起こしても良いと言われた。まだ熱はあるものの、私の身体は確実に治癒しつつあるらしい。

「夕ご飯から食べられますからね。楽しみでしょう」

もう何人目なのかわからない看護師が、事務的な笑顔で告げる。楽しみかそうでないかと厳密に問われたら、前者かもしれない。なにしろ自分の意志で何かを行うということ自体が喜ばしいのだから。しかし、私はほとほとこの状況に疲れていた。だから楽しむという発想自体が薄くなっていた。

夕食よりもプライバシーが欲しい。結果的に入ってくるのは同じでも、この部屋に鍵とインターフォンが欲しい。そうすれば、ノックの後に間が生まれる。

私は、ものを食べている姿を他人に見られるのが嫌いだ。口をくちゃくちゃと動かし、唾液をぐちゅぐちゅと混ぜながら咀嚼《そしゃく》する自分を、嫌悪していると言ってもいい。しかし食べることはやめられないので、食物は極力一人で摂《と》るようにしている。だからこの鍵のかからない部屋での食事など、楽しみであろうはずがないのだ。ああ、ここに鍵があったなら。そうしたらノックの後の間に、口の中のものを飲み込むくらいは出来たろうに。

案の定、私が粥《かゆ》をのせた匙《さじ》を口に運ぼうというときに看護師が現れる。

「どうですか、○○さん。久しぶりのご飯はおいしいですか？」

ええ、まあ。まるで別人のようにしゃがれた声で私はつぶやく。

「ゆっくり、よく嚙んで食べて下さいね」

看護師は、あのひとと同じ台詞を口にした。食事を面倒がる私に、あのひとはよくそう言っていたのだ。あせらないで、恥ずかしいことなんかじゃありませんから。これはあなたの血となり肉となるものを身体に入れる儀式のようなものです。その言葉を思い出しながら、私は匙を口に運んだ。看護師はもういない。ひとくち、ふたくち。これを食べて回復することが、あのひとへの近道だ。

病院の食事は、どこか懐かしいような味がする。基礎は出来ているのに、最後の味つけが決まらないこの感じ。それは、あのひとの出す料理に似ている。

あのひとは、料理が上手ではなかったらしい。ぼやけた味の味噌汁や野菜炒めを出すとき、決まってあのひとはばつの悪そうな顔をする。私は再三「食事には興味がないから気にしないように」と慰めるのだが、それでも悲しそうな顔をした。レパートリーが少なくてごめんなさい、とも言われたことがある。そんなとき、私はあのひとの骨ばった指を手で包み込む。この手が関わったものに、悪いものなどないから。そう言うと、あのひとは泣き出しそうな笑顔を浮かべた。

くちゃりぺちゃり。ぬるい粥をすする音が室内に響く。私は急なノックの予感に怯《おび》えながら、匙を動かし続ける。ずるり、ごくり。

＊

いよいよ全ての管が取り去られる時が来た。私の寝台を取り囲むように、医師と看護師が立っている。まず、一番不快だった下半身の管。引き抜かれる瞬間は痛みを伴うかもしれない、と聞いてはいたものの、それは予想に反してたいした痛みもなく体内を去っていった。

問題は、二番目にして最後の管だった。患部に近い場所から出ている太い管は、どうやら腹の中で出た血を外に排出していたらしい。そのせいか、管を抜いた瞬間、腹の中で水圧が変化した。ごぽっ、という音が聞こえたような気がする。腹の中での揺り戻しに私がうめくと、医師は「ちょっと気持ち悪いですよね。でももう閉じましたから安心して下さい」と慰めの言葉をかけた。気分は良くないものの、磔《はりつけ》からの解放に私は安堵のため息をつく。

翌日からは、いよいよ歩行訓練が開始された。看護師が付き添って病棟の廊下を散歩させられるのだが、これは私にとってさらなる苦行でしかなかった。他人との直接的な接触が苦手な私の横に、若い女性がぴたりと寄り添う。

「今日はいいお天気ですよね」

窓の外を見ながら、彼女は明るく話しかけてきた。私がああ、とかうう、とか曖昧な相づちを打っても、一向に気にしている様子はない。傷が内部で癒着するのを防ぐための散歩だという話だが、それならいっそ黙ったまま歩かせて欲しい。床屋での世間話すら避けたい私には、その方が楽でいい。

人の身体というものは、よく出来ている。寝たきりだった二日間は全ての機能が低下していたように感じていたのだが、歩き始めたとたんに私の身体は呆気《あっけ》なくもとに戻った。動いて血が巡れば、機能は活性化する。言葉にすればそれだけのことだが、私にとっては新鮮な体験だった。

*

回復が順調だったせいか、退院が早まった。私は一人で大丈夫だと言ったのだが、迎えに来る家族もいないのだからと、看護師の一人が私を部屋まで送ってくれることになった。まあ、徒歩圏内だからこその話だろう。

病室を出るとき、私はちらりとスライド式の扉を眺めた。これでもう、鍵のかからない部屋とはおさらばだ。

長い廊下に足音が響く。今日の看護師は言葉少なで、私はほっとする。質問も、思い出したようにぽつりとたずねられるだけだ。

「○○さん、今お住まいの部屋には、どれくらい住んでいらっしゃるんですか」

どれくらい、だったろうか。今までの人生で一番長く住んでいるから、ちょっと正確なところはわからないです。

「おうちに帰られても、しばらくは安静にしていて下さいね。気持ちも落ち着かないかもしれませんけど」

腹を切ったのだから、大人しくしているつもりだ。しかしできものを取ったせいか、奇妙に空虚な気分に襲われるのは何故だろう。大病の後は、誰しも気分が落ち込むものなのだろうか。

角を曲がり、植え込みを過ぎると私の住む建物に着いた。看護師は部屋の前までついて来て、着替えなどの入った鞄を置く。なんでも、腹を切った後に荷物を持ったりしてはいけないのだそうだ。

私は扉に手をかける。久しぶりの我が家。あのひとはもう来てくれているだろうか。狭いながらも楽しい我が家。しかし、私はそこに信じられないものを見た。

＊

部屋の中央で掃除機をかけていた人物が振り返る。中年の女性。もったりとした頬がブルドッグのように垂れていた。

「ああ、お帰りなさい」

「あなたは、誰ですか」

勝手に人の部屋に入って、一体どういうつもりなんだ。私は混乱しつつも、つとめて冷静な声でたずねる。すると中年女性は答えた。

「誰って言われても、代わりの者としかいいようがないわね。非常時のピンチヒッターって感じ」

「代わりとは、どういうことですか」

私の言葉に、彼女は一瞬しまったという表情をする。

「だから、あたしはあなたが帰ってくるのを出迎えるだけなのよ。ちょうど今は人手不足だから、ね？」

ほら、と彼女は鍵を私に見せた。いつもの人と同じでしょ。そうも言った。

「なぜあなたが、その鍵を持っているのですか」

あのひとが持っているはずの鍵。私の部屋のたった一つの鍵を、なぜ見知らぬ女が持っているのか。あのひとは、鍵を他人に預けていくような人ではないのに。

「何故って言われても、頼まれたからよ」

頼まれた？　そんなわけはない。あのひとが、私の鍵を持たないなんて。ではあのひとに、何かあったのか。そう考えるだけで、胸のあたりがちくちくと痛む。女は、不審そうな目を向ける私から顔を背《そむ》けて言った。

「そう怪しいもんを見るような目で見ないでちょうだい。あなたはあたしの顔を知らないかもしれないけど、あたしの味は知ってるはずよ」

味？　この女は、何を言っているのだろう。もしかしたら新手のストーカーというやつか。

「あたしは、ここの施設の調理担当をやってるの。だからあなたが普段食べてるご飯は、あたしが作ったものなんだから」

意味がわからない。そして気持ちが悪い。

「あっちの病棟のご飯は、まずかったでしょう？　今日は退院記念にデザートをつけてあげるわよ」

鍵を手の中で弄《もてあそ》びながら、女は訳のわからない言葉を発し続ける。

「あと一時間もすれば、交替の人が来るわ。新しい人よ。今度は女性だから、安心よ。恐い思いもしなくてすむわ」

なんでこんな女に、鍵を奪われたのか。あのひとはどこへ行ったのか。世界が足元から崩れ去るような感覚に襲われ、私は立ちすくむ。気持ちが悪い。腹がおかしい。胸が痛む。あまりの痛みに手で胸をかばうと、女がつぶやいた。可哀相に。

「お乳が張って痛いのよね？　わかるわ、あたしも経験者だから」

吐き気が襲ってくる。私は思わずその場にぺたりとしゃがみ込んだ。腹の傷が痛んだが、そんなことはどうでもいい。あのひとは、どこだ。

「ちょっとあなた、大丈夫？　何だったらもう一回、あっちの病棟に戻る？　看護師さん呼んであげましょうか」

近寄ってくる女を、私は渾身の力で突き飛ばす。中年女はおかしな悲鳴を上げて床に尻餅をついた。

「なにするのよ。あなたは大人しいって聞いてたから引き受けたのに！」

「あのひとはどこ」

「知らないわよ。首になったんだから。ったく、患者に手をつけるなんて一体、何考えてるのかしら」

「手をつける？」

私の言葉を聞いて、女ははっとしたように口を閉じる。

「とにかく、詳しい話は次の人に聞いてちょうだい。あたしはただ鍵を閉めるだけの役で、今日だけだから」

「あのひとはどこ」

「あんまり暴れるようなら、警備担当を呼ぶことになるわよ。あたしも病み上がりのあなたにそんなことはさせたくないから、大人しくしててちょうだい。ね？」

後ずさりながら、女は部屋を出て扉に鍵をかけた。あのひとが持っていてくれた、私の部屋の鍵を。

私は病室と同じサイズで、同じ素材で出来た寝台に腰かけて泣いた。途中で見知らぬ若い女が鍵を開けて入ってきたが、私は無視した。夕食には、あのひとが出してくれたのと同じ味の食事が出たが、私は一口食べて床に落とした。

あのひとはもういない。あのひとと私をつないでいた密《ひそ》やかなしるしは人手に渡り、私は空《から》っぽの腹と傷口を抱えてひとり泣いている。いや、一人ではない。私の膿んだできものもまた、遠くで泣いているだろう。そう考えると、私はほんの少し嬉しくなる。

食事の盆に載ってきた、小袋入りのドレッシング。それを私はおどけた仕草で振ってみる。あのひとがそうしたように。私は毎日つぶやく。大丈夫、壊れやすい関係だものね。心配しなくていいよ。大丈夫。私はここで待っているから。いつまでも待っているから。

この、鍵のかかる部屋で。

何が困るかって　Be in Trouble

ぽとり。何かが落ちた気配がした。

まな板からこぼれたのかもしれない。そう思って床を見ても、野菜は落ちていなかった。なので、調理に戻った。

ニンジン、タマネギ、椎茸《しいたけ》を鍋に入れ、コンソメキューブと共にことことと煮る。ジャガイモとベーコンを入れたらおいしくなることはわかっているが、ダイエットのことを考えると、やはりためらわれる。

最近、中々体重が落ちない。低糖質にして、野菜とタンパク質を中心にとっているのに、ある一定のところから、下がらない。

年齢のせいだろうか。十代の代謝力が期待できないのはわかっているが、それでも努力が足りないとは思わない。仕事の合間にランニングもしているし、脂肪を燃やすために筋トレも欠かさない。サウナスーツはさすがに恥ずかしいが、早朝なら問題ないだろうと思って着ている。

なのに、落ちない。

これはちょっと、困るなあ。鍋の中を見つめながら、一人つぶやく。

もうすぐ、とても大切な日がやってくる。

その日のために、痩《や》せなければいけない。絶対に。

精進《しょうじん》料理っぽい味気なさを補うため、トマトを入れよう。そう思って、上の戸棚から缶詰を取り出す。イージーオープンのフックに指をかけようとして、ふと気づく。何かが足りない。

小指だった。

右手の小指が、なかった。

「あれ?」

まさかと思ってもう一度床をよく見てみると、隅の方にウインナーのようなものが転がっている。

「野菜じゃなかったんだ」

つまみ上げて、しばし悩んだ。これは、生ゴミだろうか？

テレビドラマか小説で、指を持って病院へ走るシーンを見聞きした覚えはある。

ということは、くっつくのか。

しかし、それにしても痛みがない。包丁で切った覚えもないし、昨日までの間に指を落とすような事故にもあっていない。なのに、まるで木の葉が枝からはなれるように、ごく自然な取れ方をした。そして何より、断面から血が一滴も出ていない。

（知らないうちに、死んでた。とか）

そして死んだことに気づかないまま腐って、それで落ちたとか。しかしそれでは、あまりにも現実離れしている。

「ホラー映画じゃあるまいし」

ゾンビなんて。笑いながら、指を三角コーナーに放り込んだ。さっきまで生きていた部分なら、生ゴミで合っているはずだ。

とりあえず、右手の小指がなくなったところで生活に支障はない。

まあ、なんとかなるだろう。

昔から「動じない性格」と評されることが多かった。

自分ではそういうつもりはないのだけれど、何度も言われるとそうなのかなという気もしてくる。

「それ、どうしたんですか？」

仕事先で、年下の女の子に話しかけられた。

「ちょっと怪我しちゃって」

右手に、包帯を巻いてきていた。それで余計大ごとに見えてしまったのかもしれない。

「大丈夫ですか？　確かもう、ひと月ないですよね」

会社の人は皆、大切な日のことを知っている。

「迷惑かけるけど、よろしくね」

それで退社するわけではないけれど、海外に行かなければならないので、しばらく休みをとらせてもらった。もちろん、そのために有給休暇も溜めておいた。私事で休む以上、それくらいの配慮はしなければ。

「迷惑だなんて。それより海外なんですよね？　いいなあ、憧れちゃう」

「そう？」

「あたし、海外旅行ってほとんど経験なくて。行ったのだって二泊三日の韓国だけだし。だから一週間とか、すっごく羨ましいです」

　確かに長めにとってあることは認める。けれど時差や、現地でコンディションを整える時間を考えると、やはりこのくらいの日数は必要なのだ。

「アメリカかあ。ホント、いいなあ」

お土産《みやげ》期待してますよ。そう言ってこちらをつつく女の子に、苦笑してみせる。

「場所は、こっちの希望じゃないんだけどね」

「あ、そうなんですかあ？」

「うん。相手が、あっちの人だから」

ああ、そうでしたよねえ。彼女は言いながら、うなずく。

「でもホント、気をつけて下さいよ。体調は万全で、臨まないと！」

「ありがとう。でもまあ、これくらいなんとかなるよ」

「なに言ってるんですか。写真とか、あるでしょう？」

言われてはじめて、気がついた。そうか。写真か。

「普通、もうちょっと焦りませんかあ？」

「そうだね。いけないいね」

　でもまあ、手袋しとけばわからないよね。

見える場所というのは、ちょっと問題だな。そう思っていた矢先、今度は左手の小指が落ちた。

会社帰りに立ち寄った、ジムでのことだった。

「あらら」

ランニングマシンの脇に落ちた指を、そっとつまみ上げる。小さなものだから、隣を走る人にも気づかれなかった。たぶん、イヤホンでも落ちたくらいに思われただろう。ジャージのポケットに小指を入れたまま、ランニングを再開する。汗をかかねば。

「どうしちゃったんですか！」

左手の包帯を見て、件《くだん》の女の子が悲鳴に近い声を上げた。

「いやあ、包丁が滑って」

そう答えると、彼女は大きなため息をつく。

「――もう、自分ひとりの体じゃないんですから」

本当に気をつけて下さいよ。言いながら、こちらの書類まで持って行こうとする。

「いいよ。自分でできるから」

「だって、打ち込むの不便じゃないですか」

「もともと小指は使ってないから、変わらないんだ」

自分は、デジタルネイティブの世代ではない。アナログを引きずった、狭間《はざま》の微妙な年代。それはキーボードの指使いによく現れている。

アナログ派の社長は、人差し指がメインだという。

「もうすぐだね」

不器用な手つきでスマートフォンを操りながら、社長が言った。

「はい」

「最近、立て続けに指を怪我したそうだけど」

大丈夫かね？　聞かれて、間髪を入れずにうなずく。

「大丈夫です。問題ありません」

昔から、嘘をつくことに抵抗がなかった。抵抗がないというより、嘘を嘘と感じていなかった。だから、あまりバレなかった。もとより、バレそうな嘘はあまりつかない。

嘘は、その場を乗り切るための方便。自分はそうとしか考えていない。

今を乗り切ることができれば、後でどうにでもなる。

ただ、バレたときはものすごく責められた。

「当たり前のような顔をして、嘘をつくなんて」

「どうしてそんなくだらない嘘をつくの」

「意味がわからない」

さんざんだった。

けど、こっちからしてみれば何をそこまで怒るのか、という感じだ。

この嘘はあなたに損害を与えたのか。

本当のことを話したところで、何か得はあったのか。

「信頼が失われるでしょう」

そう言われても、納得できない。だってそもそも、こっちはそこまで信頼していなかった。

「ひどいな」

そうですか。ではそう思って下さい。こちらにダメージはありません。

「仕事を任せられない」

そうですか。ではこちらより確実に能力の劣るあの後輩に、すべてをおまかせ下さい。こちらは誰がやってもいいデスクワークを、のんびりやらせていただきます。

「別れよう」

はい。別れましょう。性欲は別の人でも満たせるようです。

ともあれ、今の会社ではまだ嘘がバレたことはない。


翌週、仕事の最中に右の薬指がぽとりと落ちた。と同時にわざとボールペンを落として、それを拾うふりをして、指を拾った。

さすがに二本減ると、目立つな。そう思ったものの、業務に支障はない。薬指と小指がなくても、大抵のことは実行できる。

初期のロボットアームみたいな感じの、三本指の手。

次の日から「手の養生のため」と言って、手袋を外さないことにした。空いた部分には詰め物をしておく。会社の人は、皆温かい目で見てくれた。

大切な日は、もうすぐそこまできている。


「なんだその手袋」

ジムでトレーナーに聞かれたときも、ごく普通に答えた。

「怪我の予防です」

「ふうん」

もうここまできたら、厳しいことは言われない。それがわかっているから、気にしなかった。けれど、トレーナーはこちらの顔を覗き込んでくる。

「また、つまらないウソつくなよ」

「なんのことですか？」

どきりとした。

「こないだも、体重ごまかしてただろ」

「ああ、そのことですか」

もう帳尻《ちょうじり》は合いましたから。そう答えると、トレーナーはおおげさにため息をついてみせる。

「帳尻が合えばいいってもんじゃないだろう」

一事が万事、そうじゃないか。悪い癖だぞ。言われて、軽くむっとする。

「結果がすべてでしょう」

下剤を使っても、ダイエットはダイエット。リバウンドさえしなければ、どういう手を使ったっていいじゃないか。そう言うと、トレーナーは眉間に皺《しわ》を寄せる。

「結果にたどりつく物語を、人は見たいもんだよ」

「そうですか」

でも、野球の結果だけ見て喜ぶ人もいますよね。数字だけ知って満足する人も。

「──まあいい。ここまできたら、今さら何を言っても変わらないだろう」

あとは、ゆっくり体を休めること。その言葉に、軽くうなずく。

そのとき、左手の薬指が手袋の中で外《はず》れる感触がした。


両手がロボット。そう考えると、ちょっとおかしかった。

困った状況ではあるが、不便ではない。それなりになんでもできてしまう。

ただ、唯一悩ましいのは、向こうで相手と立会人に会うときだろうか。でもまあ、その場をごまかせればいい。

最悪、拾った指をボンドかなにかでくっつけとけばいい。

(捨てなきゃよかったかな)

とりあえず、最初の小指は事故ということにしておこう。

(面倒だなあ)

考え事をしながら歩いていたら、人にぶつかった。

「おい、いてえんだけど。なにしてくれてんの？」

あからさまに頭の悪そうな、若者のグループ。

「すみません」

面倒なので、頭を下げて通り過ぎようとした。けれど、前を塞がれる。

「すみませんですむわけねえだろ」

「じゃあごめんなさい」

「ふざけてんのか」

人気のない通りだったのが、まずかった。そこで走って逃げることにした。毎日のジム通いで、逃げ足はそこそこ早い。くるりと後ろを向き、こっちに対峙《たいじ》した男が驚いた瞬間に、片手を上げる。

「あ」

そう言えば、なかったんだっけ。

『くそくらえ』のサインを出そうとして、そのことに気づく。

指は、くにゃりと後ろに倒れたままだ。

「きめえ。なんだこいつ」

言いながら、退路を断とうと立ちふさがる男。

俺はその手をすみやかに握り変えると、男の顎をアッパーカットで撃ち抜いた。

仕方ない。

倒れた男を踏みつけたところで、残りの三人が襲いかかってきた。三本指でも、素人相手ならまったく問題はない。こめかみに一撃。もう一度顎。最後に残った一人には、意識を残しておくためボディ。

「こいつ……!」

「誰かに言ったら、ひどいことになるよ。どんなに時間をかけても、ひどいことをしにくるから」

財布の中から身分証の類《たぐい》を全員分抜き去り、ぐにゃぐにゃの指を揺らしながら手を振った。そんな自分を、男が涙とゲロまみれの顔で見送っている。

来週、ボクサー人生の最後を賭けた世界戦が待っている。

負けるとスポンサーである会社にもいづらくなるけど、そうなったらそうなったでしょうがない。

どうせ皆、相手方に賭けているんだろうし。
こっちは金がもらえればいいわけで。
まあ、ウィンウィンってことで。

リーフ

Lagoon

なんかちょっと最近、仕事が忙しかった。だから食事は適当で、野菜は野菜ジュースくらいしか飲んでなかった。

「『忙しい』って字は、心を亡くすって書くんだってさ」

「あーそーなんだー」

同僚の子にも、適当な返事しかできない。それこそ『心』をそっちに使っている余裕なんて、なかった。

そしたらてきめん、肌が荒れた。

吹き出物かじんましんか。あちこちにぽつぽつと赤い点。皮膚のトラブルには慣れているし、顔の目立つところにもない。だから大して不安にはならなかった。

とりあえず市販の薬を塗ってしのいでみたけど、赤い点は増えてゆく。かといって昼間、医者に行く時間はない。週末も外《はず》せない先約があった。

「あれ、こっちにもあるよ」

同棲している恋人の指が、風呂上がりの背中を突いた。

「やだ。ひどい？　気持ち悪い？」

かゆみがほとんどないだけに、自分でもどこにできているかわからなかった。

「いや。ひどいとか気持ち悪いとかはないけど……」

「けど、なに？」

「なんとなく、何かに見えそうな気がする」

恋人の指は私の背中を、何度も往復した。そうやって触ってくれるくらいならいいか。私は自分では背中を見ずに、安堵した。


一週間経っても、赤い点は増え続けた。

さすがにまずいと思って皮膚科に行くと、軟膏《なんこう》を渡されて「様子見」と言われた。痛くも痒《かゆ》くもないのだから、それもしようがない。

赤い点は、針で突いたように小さい。しかも腫れたり盛り上がったりしないから、赤いそばかすのようにも見える。そして遠目には、肌と一体化して見える。

「なんだっけなあ」

恋人は毎晩、私の背中をなぞる。指はいつも同じ道をたどり、最後に腰の辺りで動きを止める。

「うーん……」

そこで必ず、考え込む。

「なに？　何かに見えるの？」

もしかして人の顔とかだったらどうしよう。ちょっとホラーなことを考えていると、恋人は笑う。

「そういうんじゃないよ。ただ、自分の知ってる図形みたいに見える」

でもそれが何なのか思い出せなくて。恋人はそう言って背中をなぞる。

「ご先祖さまが隠した宝の隠し場所とか」

私の言葉に、恋人は笑う。

「僕の方には、そんな人いないけどね。君の方にはいるの？」

いない、とは言い切れなかった。うちは家系図があるくらい長く続いた家だから、そのどこかで道楽者が出てもおかしくはない。

「地図っぽくも見えるんだけど、小さな図形がたくさんあるようにも見えるんだ」

たくさん？　そう言われて、私は自分の背中を鏡で映す。でも小さな赤い点は、その距離ではぼやけてしまう。肌に顔を寄せるくらいでないと、見えないのだ。なんにせよ、たくさんあるのは良くない。私は食生活を改善し、規則正しい生活を心がけた。

それでも、赤い点は減らない。

「ストレスじゃないですかねえ」

皮膚科医は、血液検査の結果を見て首を傾げた。

「特に何の反応も出ていないんですよ。だからストレスのない生活を、としか言えないんですよね」

そう言われても、仕事をやめるわけにはいかない。なのでそれ以外では、とにかくリラックスできるようにしたかった。でないと。

「背中の開いたドレスなんでしょ？　大丈夫？　当日までに治るの？」

母親の言葉に、私はうつむく。

「わかんない。でも、遠目には大丈夫だから」

「せっかく高いドレスを買ったんだから、当日までには治しなさいよ。体調管理は、花嫁の大事な仕事なんだから」

「わかってる」

「ただでさえ忙しいときなのに、いっつも面倒ばかり増やして。あんたって子は」

ごめんなさいとは言いたくなくて、私は黙り込んだ。

「おじさんやおばさんたちにせめてものサービスなんだから、式くらいちゃんとしなさいよ。みんな、忙しい中来てくれるんだし」

忙しいなら、わざわざ呼びたくなんかない。だって母方の親戚は、母に似てせっかちが多い。

「仕事仕事って言いながら、新婚旅行だって決まってないんだし」

そもそも式自体、私はする気がなかった。もしするにしても忙しい時期を終えてから、新婚旅行と一緒にしたかった。けれど結婚の意思を告げた時点で、母はすぐに式を挙げろと迫ってきた。

昔から、母といて気が休まったことはない。いつでも何かをせかされて、いつでも次のことばかりを考えさせられた。

「忙しいんだから、明日の服は揃えておきなさい」

「忙しいんだから、早く髪の毛を乾かしなさい」

「忙しいんだから、早く靴を履いて」

母は、間違ったことを言っているわけではない。それが反抗の芽を削《そ》いだ。やんわりと否定され続けるような感覚の中で、私はときおりじんましんを発症した。たぶん、医者の言葉を借りれば母が私のストレス源だったのだろう。

「忙しいんだから、早くしなさい」

　本当に忙しいのかどうか、子供の頃はわからなかった。けれど長じるにつけ、母がただの『忙しがり屋』なことに気がついた。母は専業主婦で、これといった趣味もない。子供は私一人で、親の介護もしていなければ、友達が多いわけでもない。なのになぜそこまで忙しいのか。

「ああ忙しい、忙しい」

　そうつぶやきながら動き回る母を見ていても、特にこれといったことをしているわけではない。もしかしたら母は、忙しいふりをしていたいだけなんじゃないだろうか。そう気づいたとき、私はつい言ってしまった。

「忙しいったって、大したことしてないじゃない」

　地雷だった。粉々に吹き飛んだ。私と、母のプライドが。

「忙しいのよっっ!!」

そう叫んだ母は、もう私の方を見ていなかった。ビニール紐をぐるぐると芯に巻き付けながら、「毎日毎日忙しくて大変なのに、見てわからないの？」と苛立たしげに吐き捨てた。「あなたのためなのに」と。

そこでようやく、私は家を出た。仕事に就き、今の恋人と暮らしはじめたら、じんましんはぴたりと出なくなった。

それが、今になって。

「ひどい形で、ぶり返しちゃった」

打ち合わせのためにかけた電話の向こうで、友達が笑う。

「まあさ。最後のじんましんだと思ってゆったり構えてればいいじゃん。どうせよく見なきゃわからない程度なんでしょ？」

そう。新郎さえも気にしていない。ただ、私の母だけがそれを気にする。

まるで私が悪いかのように。

「あれ？」

式の前日、恋人が私の背中で指を止めた。

「どうしたの？」

「わかった気がする」

そう言って、違う箇所をなぞる。くすぐったくて私が笑い声を上げると、調子に乗って指を走らせる。

「これ、やっぱり地図だよ」

まさか本当に財宝が？　私が言うと、彼は笑いながら首を横に振った。

「違うよ。世界地図だ」

「え？」

「ほら。ここがアフリカ大陸で、こっちがオーストラリア――」

鏡で映しても見えない。でも、彼がなぞることで私の背中に地図が立ち上がった。

「ねえ。どこに行こうか」

新婚旅行は先だから、まだ行き先を決めていない。すると彼は私の背中をなぞりながら、歌うように言った。

「大陸。島。海。世界は、君のものだ。どこにだって行ける」

そして指がぴたりと、ある一点で止まる。

「ここかな？」

「なに？」

「ここに、ほくろがある。まるでマップピンみたいに」

彼が言うには、そこはアフリカ大陸のアジアに近い方。海の上。

「もし、そこに島があったら、そこにしない？」

そう言われて、私はうなずいた。もし本当にあったなら、素敵だと思ったのだ。

明日のこと、一歩先のことばかり考えて生きてきた。一歩を踏み出す前に、必ず母の横やりが入った。

でもこれからは、踏み出した先のことなど考えない。

たとえそこが泥水の沼でも、彼と一緒なら笑って泳ぐことができる。


式当日。母は相変わらず忙しそうにしていた。誰かの席順が今ひとつだとか、誰かの服の色が地味だとか、テーブルのキャンドルが短くはないかとか、まあどうでもいいようなことを、くだくだと。

そんな中、親族控《ひか》え室で私が花瓶を倒した。幸いドレスに水はかからず、花瓶も柔らかな絨毯《じゅうたん》に受け止められて割れなかった。

「こんな忙しいときに、本当にもう！」

母はそれをさも大事《おおごと》のように嘆いたが、もう私は揺らがない。

ただ、そんな中父が母に言った。

「お前に似て、愚図《ぐず》なところは直らないな」

父は、笑っている。

「いつも手が遅くて不器用で、先のことが予測できない。本当によく似ているよ」

母は、能面のような顔で床の水を拭いている。

「お母様。あとは私どもが」

式場の人に言われても、母は手を動かし続ける。そんな母に向かって、父は笑いながら言い放つ。

「暇な時間を与えると、ろくなことをしないところもそっくりだ」

私は父の顔をまじまじと見た。母の陰に隠れて見えなかったけれど、こんな人だったのか。

母は、心を亡くして生きてきたのかもしれない。

背中の地図は、セイシェルを指していた。

インド洋に浮かぶ、南国の小島。そこでは人々が皆、ゆっくりと歩いている。

これといった産業もなく、有名な料理もない。あるのは、綺麗な海と小さな規模のホテルだけ。ここでは時間は潰すものではなく、ゆっくりと味わうもの。

「君のおかげで、こんな綺麗なところに来ることができた」

ビキニの背中をなぞりながら、恋人が微笑《ほほえ》む。赤い小さな点は、目的地が決まった頃に消えていた。

「ううん、あなたのおかげ」

だって自分じゃ見られない地図だったから。私も微笑みながら、彼の背中をなぞる。


燃えるような夕焼けを見ながら、私はふと思い出す。

まだ私が本当に小さい頃、母が一度だけ父以外の男の人と歩いていたことがあった。でも私を連れていたから、後ろ暗いことはしていなかったはずだ。

でも父は、烈火のごとく怒った。そしてそれ以来、私は母越しにしか父を見てこなかった気がする。

母は、防波堤だったのかもしれない。

「お母さん」

娘が心を亡くしてしまわないように、自らが壁になって心を亡くした。

珊瑚礁《さんごしょう》で、波が砕ける。

あれだったのかもしれない。

「お母さん」

「結婚式でも、泣かなかったのに」

そう言いながら、彼は私をそっと抱き寄せる。彼の身体からは、潮の香り。

「帰ったら、お母さんを家に招待しよう」

私は、新たに形作られたリーフの中で静かにうなずく。

あたたかな彼の腕の中で。

仏さまの作り方　Making of Buddha

幼稚園のとき。自分が遊んでいるおもちゃを、使いたがっている子供がいた。

「どうぞ」と手渡すと、周りの大人がわっと沸いた。

「まあ、なんて優しいの」

「一つしかないのに、すごい」

「これ、ご褒美よ」

一人の大人が、微笑《ほほえ》みながらクッキーを差し出す。俺はそれを受け取ると、ぺこりと頭を下げた。仏教系の幼稚園だったから、教えられた通り両手を合わせて「南《な》無《む》」のポーズで。

「ありがとごじゃいます」

すると、さらに場が沸く。

「お釈迦《しゃか》さまの小さい頃って、きっとこんなだったんでしょうねえ」

なんて可愛くて、礼儀正しいの。うちのとは大違い。

途切れない賞賛のシャワー。俺は、うっとりとそれを浴び続けた。

おもちゃを受け取った子供は、離れたところにぽつんと座ってこっちを見ている。

それを見つけた親が、慌てて俺の方にそいつを引き戻す。

「ほら、ちゃんと『ありがとう』して！」

そいつは、言われるがままに口を動かす。

「ありがと」

その瞬間、俺はさっきとは違う種類の快感を感じていた。

なんだろう、これ。


ありがとう、と言われるのは気持ちがいい。それはまあ、当たり前のことだ。

相手が気持ちよくなり、それと共に自分も気持ちよくなる。それは幸せの連鎖と呼ばれるようなもの。

でも、俺はあるとき気づいてしまった。

「ありがとう」と言われるのは、相手が感謝する余裕がない奴ほど気持ちいい。

理由は、簡単。余裕のある奴とない奴では、「ありがとう」の重さが違うからだ。たとえば、俺の父親。タクシーで目的地について「ありがとう」。店の人にコートを出させて「ありがとう」。父親の「ありがとう」は、ものすごく軽い。

それに対して、部下のおっさんはほとんど「ありがとう」を言わない。父親と同じことをしてもらっていても、「ああ」とか「うん」とか、せいぜい「どうも」「悪いね」程度。こいつの「ありがとう」は、重い。

だから、見てみたくなった。

そこで俺は、自宅でパーティーが開かれたとき、そいつの足をこっそりひっかけた。持っていたグラスのワインが俺の頭からかかり、周囲がざわっとどよめく。

「あ、僕——坊っちゃん」

ごめんね、と言おうとしてそいつは言葉を探った。こっちのことをあまりよく思っていないのが、見え見えだった。

「ごめんごめん。大丈夫かな？」

敬語は使いたくないらしい。差し出された手を前に、俺は子供らしくぽかんとした表情を浮かべてみせる。

泣くかな、という雰囲気があたりに満ちた。そこで俺は立ち上がり、半ズボンのポケットから濡れていないハンカチを取り出す。

「どうぞ」

おじさんの手が濡れてるよ。そう言うと、あたりは明るい微笑みに沸いた。なんて出来た坊っちゃんなんでしょう。あんな目にあっても、泣きもしないで。

「あ、ああ――どうも」

気のきかないおっさんは、自分のハンカチを取り出すことも忘れて俺から受け取る。それを見ていた何人かの人が、眉をひそめたのを俺は見逃さなかった。

そこで俺は、最後の仕上げににっこりと笑う。

「違うよ、おじさん。こういうときは、ありがとうございます、って言うんだよ」

そうね、そうだね、と周りの人間が言う中、そいつは真っ赤な顔をして小さくつぶやいた。

ありがとうございます。

それからまたしばらくして、俺は気づいた。

「ありがとう」を言ったり、人に優しくするには、ある条件が必要らしい。

それは、自分が幸せであること。あるいは、自分を捨てるのに躊躇《ちゅうちょ》がないこと。

あ、ドMは無理だよ。自分を捨てるのは刹那《せつな》的に気持ちいいけど、それが相手のためになるかどうか、冷静に見る目がなきゃいけないから。

俺はね、間違いなく最初の方。自分が満たされてるから、人に優しくできる。そしてほとんどの「親切」って、たぶんこっち寄りなんだ。

自分は持ってるから、持ってない人にあげる。それって快感なわけ。

俺の場合は、裕福な家に産まれた。それもかなりの財産のほかに税務署には秘密のお宝つきで。

ひらたく言えば「お坊っちゃん」。しかもその坊っちゃんは、幸い勉強もスポーツもそこそこできた。そしたらまあ、「持てる者」一直線なわけ。

でも、「一番」じゃないから穏やかなんだ。色んなことがそこそこできるってことは、勝ちも負けも経験してるし、そうなると別に競わなくてもいいかなって立ち位置になって、そういう奴は仲間内で嫌われることがない。

関係ないけど、お釈迦さまの不幸って「持てる者」の一番になっちゃってたことだよね。いい家に産まれて、王子様扱いされて、天才で、妻子もよく出来てて。

なんでも「一番」はよくないよ。退屈になるし、周りが馬鹿に見える。

だからあれでしょ？　あのヒト、家出しちゃったわけでしょ。中二病っぽいよね。肉親に冷たいくせに、赤の他人には優しくできるって、まんまそれだよ。家出をひっくり返すと出家。なんかね、やっぱり同じものな気がするなあ。

俺が思うに、出家って彼が大人になるための旅だったんだと思うね。ていうか、周り巻き込みすぎ。仏伝《ぶつでん》って、壮大な青春ものだよね。あの、乳粥《ちちがゆ》くれる女の子のシーンなんか、すごくラノベっぽい。

そもそも、どうして倒れてる男を助けるのは、いつも若い娘なんだろう。奥さんいるのにね。あれ、おっさんとかおばあさんって設定だったら、もっと地味な話になってた気がする。あ、そこはあれか。お釈迦様が「持ってる」ヒトだからか。単純なことも、全部ドラマチックになるようなハプニングがついて回る、みたいな。空から妹が降ってくる、的な。

残念ながら、俺はそういうの「持ってない」。

だから気持ちよくなるためには、自分で努力するしかない。でもドMってわけじゃないから、ほどほどに。自分をマイナスにしない程度で。

基本、ただの親切。それを続けるだけ。

「お前、いい奴だな」

「ありがとう。お名前は」

「あいつ、いい奴なんだよ」

『知ってる。すごくいい人なんだよね』

今はSNSがあるから、話が早い。

でもまあ、やってみてわかった。『いいね！』もリツイートも、あんまり気持ちよくない。むしろ適当な雰囲気を感じるだけ、不快だ。

やっぱりお礼は、目の前で言われるのが一番。リアルが好きって、アナクロかな。でもリアルにほめられる方が、クるものがあるのは本当。


そう言えば、さっきも言ったけど、自分を投げ出すのに躊躇しない奴。あれ、ちょっと迷惑なんだよね。

ボランティア的な部分では、似てる。でも滅私《めっし》っていうか、そういうの、見てるとイタいことが多いんだよ。

「自分はいいから」

「人のためになるなら」

ってすべて投げ出す奴はさ、緩慢《かんまん》な自殺志願者なんじゃないのって俺は思う。だってどう考えても、世界が変わるより自分が目減りする方が早いし。お釈迦様の焚き火に飛び込むウサギもさ、食べられる草とってくるとか、青汁飲ませるとか、もうちょっと他に方法はなかったのかってハナシ。わかりやすいよ。泣けるよ。ドラマチックだよ。でもなんだかな。

つまりあれだ。韓流ドラマだ。

仏伝、人気出るわけだ。

「ありがとう」を下の奴に言われたくて努力してたら、全方位からほめられる人になった。

おまけに元々金持ちの家だから、あんまり働かなくてよくなってしまった。それであまりにも暇だから、馬鹿にしてたボランティアみたいなのをやってみた。そしたらこれが、悪くない。

底辺の奴らはボランティアずれしてて、そう簡単に心から感謝なんてしない。それがちょっと、新鮮だった。何度も通って、話しかけて、心を開かせて、「ありがとう」を引き出す。この噛みごたえが、いい。

下から見上げて、「お前らのせいで俺はこんなところに」的な雰囲気を漂わせながらの「……ありがとう」は、俺史上最高に快感だった。

そういうわけで、ボランティアにはまった。そして寄付しまくった。すると当然、金は出ていく。でも幸か不幸か、それを咎《とが》めるはずの両親は早々に他界してしまった。そしてそのままの生活を十年ほど続けたところで、さすがに金が尽きた。

しょうがないので、家や土地を順番に売っていった。そして手に入れた現金で、また寄付をした。

まずいとは思わなかった。だって俺には、秘密のお宝がある。いくら現金が尽きたところで、かまわない。いざというときに、あれを出せばいいだけなんだから。

お宝は何だって？　それは秘密、と言いたいところだけど、特別に教えよう。金だ。俺の先祖が、大きな戦《いくさ》のときに隠したという、時価数億円の金塊。それが、小さな山の中腹にある秘密の場所に隠してある。

その山を含む一帯の土地は、交通が不便で売るにも困るほど安い。だから最後までとっておいても、誰にも疑問に思われなかった。

実際に金塊を見たことはない。けれど場所は確実に知っている。小さい頃、父親が連れて行ってくれたからだ。

「いつか本当に困ったとき、これを売りなさい」

自然の石や草で隠されたその場所を示して、父親はそう言った。そして彼は使うことなく、人生を終えた。必要に迫られなかったのだから、幸福な人生だったのだと思う。

ものすごく困ったら、あの土地に住んで山でとれるものを食べればいい。けれどそうしてしまうとボランティアにも行きにくいから、俺はアルバイトを始めた。その金を寄付に回すため、安アパートに住み、生活も切り詰めた。服も安物で、食べるものも安物。体の外も中も、安物で満たされていった。

底辺に近づいているな。そう感じたとき、俺は震えるほど嬉しかった。これでまた、違うレベルの感謝の言葉を聞くことができるはず。

夕暮れの公園で、俺は一日を共にしたホームレスと並んでベンチに座っている。

「あそこの一円もやしは、最近鮮度が落ちたよなあ。デパートで廃棄されたカット野菜のがまだ使えるぜ」

俺の言葉に、ホームレスの男がへえという表情を見せる。

「あんた、デパートのゴミ捨て場まで行ってんのか」

「生活のためだよ」

「でもあんた、ボランティアだろうが。なんでそこまで貧乏なんだよ」

疑うような顔をした男に、俺は言う。

「貧乏だけど、まだできることがある。俺は、幸せだと思うよ」

男はそれを聞くと、下を向いて黙り込んだ。ああ、昔語りスイッチが入ったな。夕方だし、センチメンタルにもなるか。

それからしばらく、つまらない男の半生を聞いた。そこここに突っ込みどころがあったが、あえて口は挟まなかった。退屈だった。

「俺は——やり直せるんだろうか」

ごちゃごちゃ言ったあと、最後に男は俺をすがるような目で見た。涙で濡れていた。怯《おび》える小動物みたいで、可愛いと思った。

「やり直せるよ。だってまだ人生は終わってない。あんたは今、生きてるじゃないか」

背中を軽く叩くと、男はうんうんとうなずいた。

「ありがとう、ありがとう」

その瞬間、たまらない快感が背中を駆け上ってくる。きたきたきたきた。

「俺、あんたみたいな人になりたいよ」

ああ、いい。いいよ。最高だよ。

俺は男と握手して、笑う。

「ここから、一緒に頑張ろう」

この快感をありがとう。

お前は、どうやっても這い上がれないだろうけどな。


正社員にならないか。そう言われて、俺は心の中で顔をしかめる。

アルバイトをやってると、すぐこれだ。落ち着いて底辺生活を送りたいのに、すぐ評価されて昇格させられる。

「いいですよ、俺なんか。それより同じ時期に入ったあの人なんか、どうですか。ご家族もいるみたいだし、いい人ですよ」

他人に話を振ると、上司は困ったような微笑みを浮かべた。

「まったく、君は欲がないというか——」

仏さまみたいな奴だな。そう言って、肩をぽんと叩く。

飛び級のような俺の昇格が発表されたのは、翌週のことだった。

そして発表の翌日、俺はアルバイトを辞めた。

何をしてもどうやっても、俺は引き上げられてしまう。それはまるで、出家という名の家出に五人ものお供をつけられたお釈迦様のように。

つまらないから、どんどん捨てる。捨てれば捨てるだけ、また何か引き上げられる。俺はほとほと、その繰り返しに疲れた。

住所があると家に来られて面倒なので、住むところもなくして、河川敷に段ボールで寝泊まりするようになると、今度は周りに直接人が寄ってきた。

「あんたのためなら、なんでもするよ」

「ああそう」

もう、どうでもよかった。だから山に引っ込むことにした。すると、何人かの奴がついてくるという。断るのも面倒だから、そのままにした。

例の金塊が眠る山のふもとに、掘ったて小屋のようなものを作った。俺は山で山菜を摘み、小さな畑を耕して野菜を作り、それを売って最低限の暮らしを送った。ついてきた奴らは、そんな俺を見て、同じように暮らしはじめた。

そんな中、かつて親切にしてやった奴や、俺の噂《うわさ》を聞いた奴がここに来るようになった。適当に返事をしていたら、さらに来る人数が増える。そこで俺は、住む場所を山の中腹に移した。例の金塊の近くだった。

それでも、山を登ってでも、人が来る。しょうがないので俺は、数人の取り巻きに応対のマニュアルを授けた。それはとにかくいい気分で帰すということ。

こっちにはホームレスや住民票の問題など、つつかれたらまずいことがらが多い。嫌な気分にして帰すのは、面倒のもとだ。

そうしたらまた、人が増えた。もはやふもとの方は、村のようになっているらしい。

そんなある日、俺は食事の後に気分が悪くなった。昼にとってきたキノコが、間違っていたんだろうか。

「先生、病院に行きましょう」

取り巻きの奴らが慌てる中、俺は鷹揚《おうよう》に手を振る。

「気にするな。もう、何もかも面倒だ」

「そんな」

「これでいい。もう、面倒がない」

「でも。残された私たちは、どうしたら」

もう、本当に面倒だなあ。涙を浮かべた取り巻きを見上げて、俺は微笑む。

「俺が教えた通りに、いつも通りにすればいい。それが、最後の教えだ」

「先生……！」

全員が、号泣しながら頭を下げた。

「——ありがとうございました‼」

ああ、いいね。まあまあいいよ。

気持ちいい、人生だったね。


後日、「先生」と呼ばれた男の死んだ場所を弟子が掘ったところ、時価数億円レベルの金塊が出てきた。それに驚いた弟子たちは、「先生」の遺《のこ》したものを決して使うまいと必死に働いて、村を維持し、宗教法人を立ち上げ、金塊を収めるための記念館まで建てた。

現在、男の名を検索すると「現代の仏」と呼ばれていることがわかる。ただ信者からそれは不評で、なんでも「先生は一人で家を出たし、都合良く美少女にも出会っていない」とのことだ。

神様の作り方

How to Make "Kamisama"

大学の夏休み。実家に帰省したとき、毎日同じ場所に石を積んでいる男を見かけた。農道の脇で、少し空いたスペース。男は手慣れた様子で石を積むと、満足そうに立ち上がる。

歳が近そうだったので声をかけてみると、「神様を作ってるんだ」と答えた。そっち方面のヒトかと思って引き返そうとすると、そいつはにやりと笑いながら言う。

「これはまあ、実験みたいなものだよ」

きれいな顔の男だった。

「壊すと良心がとがめるような、そんな積み石を、目にはつくけど邪魔にはならなさそうな場所に維持《いじ》する」

こぶし大の石を積み上げたものは、雪だるまと地蔵の間のような形をしている。

でもこれだけでは、ただの石ころの集まりだ。俺がそう指摘すると、男は奥の方を指さす。

「それを毎日整えていると、やがてフォロワーが現れる」

そこには、小振りな地蔵だるまがもう一体立っていた。

「ここに花の一本でも供えたら、ちょっと手出しはしにくいだろう？」

俺がうなずくと、男は立ち上がって手の汚れを払う。

「このまま十年、二十年と維持し続けたら、ここはちょっとした祠《ほこら》扱いをされるだろう。そして三十年、四十年、囲いができたら社《やしろ》ができる。誰も縁起話を知らない、でも『昔からある』小さな祠。そうなったら――」

男は俺の目を覗き込むようにして、言った。

「僕は、神様を作ったってことになる」

ぞくりとした。でも、同時にちょっと面白いとも思った。「気の長い話だな」とつぶやくと、男は首を横に振った。

「ロケットを作るよりは、簡単な話さ」

宇宙開発の現場じゃ、自分が生きている間に結果が出ない仕事が当たり前のようにあるんだぜ。そう言われて、俺は首を傾げる。

ロケットを作るより、神様を作る方が簡単なのか。

「ところで君は、神様を信じるかい？」

俺は首を横に振った。無神論者と名乗るのもおこがましいほど、神様については何も考えていない。

いるとも思わないし、信じてる奴の気持ちもわからない。そう告げると、男は満足げにうなずいた。

「よかった。そういうヒトじゃないと、この実験は面白くないからね」

確かにそうだ。これを「面白い」と感じる時点で、俺は不信心者。俺がうなずき返すと、男は「会えてよかったよ」と手を振った。

しかし翌年の夏、男はそこにいなかった。ただ、同じ場所に小さな祠のようなものがあった。その前に置かれた湯呑みを見て、あいつは目的を達成したんだろうな、と俺は思った。


下宿先のアパートに戻ってから、俺は自分も神様を作ってみたいと思うようになった。でもここは都会で、道端に石など積んでいても邪魔なだけだ。フォロワーが現れるより先に、片付けられてしまうだろう。それに都会には「誰のものでもない」感覚の土地など、ほとんどない。そういった意味でも、石は積みにくいと思った。

だとしたら方法を変えなければ。俺は考える。都会で、壊すと良心がとがめるような設置物とは何か。じっくりと考えた結果、俺はそれを花束にしてみた。

交差点のガードレールに、小さな花束を結びつける。それだけで、そこが事故現場になった。

「悪趣味な遊びだな」

友人にそう言われたときは「民俗学の調査だ」と言っておいた。

花束は、しおれたら取り替える。安売りの花を買えば、週に二百円程度の出費ですんだ。

しかし一ヶ月、二ヶ月と続けてもフォロワーは現れない。そこで俺は、現場に設定資料をつけ加えることにした。百均で買ったウサギのぬいぐるみや人形を、花束の脇に置く。あどけなきものの方が、神様になりやすそうな気がしたからだ。

そして二週間後。花束のそばに、小さな野の花が添えてあったとき、俺は心の中で「やった！」と叫んだ。フォロワーの登場だ。

俺はフォロワーへのサービスとして、ときたま設定を更新した。もともとのイメージも小さな女の子だったが、近所に落ちていた黄色い幼稚園児の帽子を拾ったとき、設定年齢が決まった。

その帽子には油性マジックで「あき」という名前が書いてあったが、そのまま使うのはさすがに悪い気がしたので、字体を似せつつ「え」を追加してみた。

あきえ。まだ幼稚園児なのに、ここで不幸な事故に遭った可哀相な子供。

すると、フォロワーからの供物《くもつ》に「あきえちゃんへ」などと書かれた菓子の箱が置かれるようになった。

俺は自分が食べたいので、あきえはチョコレート菓子が好きだという設定にした。さらに、飲み物は炭酸飲料が好きだと。

チョコレートばかり置くと、さらなるチョコレートが。炭酸飲料ばかり置くと、やはりそのとおりのものが置かれた。フォロワーは、俺の実直な家来のようだった。

五年、十年と時は過ぎ、俺は大学生から社会人になっていった。しかしどんな生活になってもこの「遊び」だけはやめられず、さらに時は流れた。

二十年。恋愛は何度かしたが、結婚することはなかった。あきえの話をすると、女はなぜか皆、嫌な笑いを浮かべて逃げてゆく。わけがわからない。あきえは、何もしないのに。何もできなかったのに。

三十年。近所の子供で「あきえちゃん」を知らない子はいない。親が交通事故の恐ろしさを教えるため、「可哀相な女の子」の話をしたからだ。いいことだ。人に忘れられたとき、人は本当に死ぬというではないか。あきえは、皆の中に生き続ける。あの、可愛い笑顔のままで。

四十年。食育に関して敏感な親は「あきえちゃんのようにチョコやコーラばかり口にしてはダメ」と言い聞かせる。いわく「栄養失調でフラフラして、車にひかれる」のだそうだ。失敬な。あきえは、栄養失調などではない。実に健康的で可愛い、生き生きとした女の子だった。かけっこがとても速かった。

五十年。最近では、一本の花を手向けるだけで涙が頬を伝う。俺の娘。もっと幸せにしてやりたかった。もっと遊んでやりたかった。もっと色々なものを、食べさせてやりたかった。

道端にしゃがみ込む俺に向かって、小さな子供が声をかけてくる。

「おじいさん、大丈夫？」

俺はこくりとうなずく。優しい子だ。あきえも、優しい子だった。再び滂沱《ぼうだ》の涙を流す俺を見て、子供の母親がそっと手を引く。

「あのひとは、あきえちゃんのお父さんなのよ」

俺は黄色い帽子を抱きしめて、泣き崩れる。大切にしてやりたかった。いや、大切だった。可愛い盛りのあの子を、俺はどうして守れなかったんだろう。

神様。あんたは本当に残酷だ。どうしてあきえを連れて行ってしまったんだ。神様。いるのなら、お願いだから俺のあきえを返してくれ。神様。いてくれないと困る。あきえを生き返らせることができるのは、あんただけなんだから。

神様。神様。神様。


道端で泣きじゃくる俺の肩に、そっと手が乗せられる。ふと顔を上げると、そこには大学生くらいの男が立っていた。

「あなたは、神様を信じますか？」

俺は、そのひとの言葉に首を激しく上下に振って答える。

涙で一杯の目を見開いて。

きれいな顔の、男だった。

解説

東雅夫

何が困るかって、たいして詳しくもないジャンルに属する本の解説を頼まれるくらい、困ることはない。私の専門分野は怪談やホラーや幻想文学であって、ミステリー特に「日常の謎」系と呼ばれる作品群については、およそ不案内なのである。

東京創元社の古市さんから本書解説のオファーの電話をいただいた際、たまたま家でノートパソコンを開いて仕事中だったので、会話しながらグーグル検索で「坂木司」と打ちこんだら、いきなりシュッとしたイケメンの画像が出てきて、あれ、どこかで見たことあるような……そうだ、通りすがりの仮面ライダーの人じゃないか……おのれ〜ディケイド！……彼は小説も書くのか……いやそんなはずないよな……と、約十五秒間の軽い脳内混乱状態に陥るほど、私は本書の著者について予備知識ゼロだったのである。

いやまあ私とて、いちおう文芸評論家を肩書きのひとつにしているので、坂木司が今をときめく人気ミステリー作家のひとりで、「日常の謎」系の青春ミステリー『青空の卵』（二〇〇二／二〇一二年にはBS朝日でテレビドラマ化もされており、そのとき作中の坂木司役を演じたのがディケイドじゃなくて俳優の井上正大《いのうえまさひろ》）でデビューし、代表作に右書に始まる〈ひきこもり探偵〉シリーズや『和菓子のアン』（二〇一〇）に始まる世界初のデパ地下&和菓子ミステリー連作などがある……といった、それこそウィキペディアに載ってるような情報くらいは漠然と心得てはいたのだが、なにせ「日常の謎」も「青春」も「和菓子」も「デパ地下」も、私が専門にしている怪談とかホラーとか幻想文学と呼ばれる非日常で超自然で陰々滅々としたジャンルとは、およそ対極に位置するようなキイワードなので、遺憾ながら今日という日を迎えるまで御縁のないままであったわけだ。

とはいえ、アンソロジストとして『日本怪奇小説傑作集』や『文豪妖怪名作選』で以前からお世話になっている創元推理文庫様からのオファーだし、どうしたものか、う〜ん……こちらの内なる逡巡を見透かしたかのように、百戦錬磨の古市さんは電話の向こうで口許に微笑を浮かべつつ（想像図）、馬の鼻先にニンジンめいた決め台詞を口にした。

「今度のは、奇妙な味の小説集なんですよ」

おお、奇妙な味！

この言葉には、ひとかたならぬ思い入れがあり、しかもそれは、当の創元推理文庫と密接に関わる、それこそ我が仄暗《ほのぐら》い青春時代（！）の甘酸《あまず》っぱい記憶とも分かちがたく結びついている。

創元推理文庫には昔、ハードボイルド系は「拳銃」、スリラーやサスペンスは「黒猫」といった具合にジャンルを表わすシンボル・マークがあって、私はもっぱら「帆船」マークと通称される怪奇と冒険ジャンルの本を愛読していた。

そもそも生まれて二番目に自分で購入した文庫本（一番目は岩波文庫のカフカ『変身』）が、帆船マークを代表するロングセラー・アンソロジー『怪奇小説傑作集』の第二巻だったのだ。ときに一九七〇年代のはじめ、小学校六年頃のことである。なぜ半端な二巻目から読み始めたのかというと、目次を見較べて、収録作品数が最も多かったからだ。一冊で、いろんな話が愉しめると踏んだのである。小学生の乏しい小遣いでは、文庫本といえど、購入には事前に入念かつ真剣なチェックが必要だった。

ちなみに、このことは、本書『何が困るかって』にも該当しますな。なんと十八篇を収録——一冊で、悲喜こもごも、ほんわか系からイヤミス系まで、いろんなタイプの物語を、たっぷり愉しめますぞ。さ、続きはレジで精算を済ませてから！

話を『怪奇小説傑作集』第二巻に戻すが、そこには、それまで小坊の私が出逢ったことのなかった、世にも奇妙で摩訶不思議《まかふしぎ》な物語が詰め込まれていた。ゴンドラで無人島に上陸して宵《よい》闇《やみ》迫るなか猫っぽい何かに襲われる話、観葉植物に変身して困惑する男の話、何度埋葬しても山小屋に戻ってくる屍体の話、肩越しに振り向くとその人間の本性が見えてしまう世捨人の話……いわゆるモダン・ホラー（後年の「モダンホラー」ではなく、中黒点付き。現代的な怪奇恐怖小説を指す）に開眼した瞬間だった。

怪奇小説という言葉から私が漠然と予想していたような、吸血鬼やら人狼やら古城の亡霊やらといったユニバーサルの怪奇映画風な伝奇的世界とは異なる、ありふれた現代の日常にひそむ恐怖や不可思議が、そこには横溢《おういつ》していた。平井呈一《ひらいていいち》が同書に付した名解説から引けば——「日常生活の隙間に手をかけて、いきなりそいつをクルリとひんむいて、内側にある恐ろしいものを見せる」ような酔狂《すいきょう》な小説ジャンルがあることを、初めて教えられたのである。

もっと、こういうヘンな話を読みたい！　と思って、まずは帆船《はんせん》マークを読み漁り、続いてSFマークに手を出してレイ・ブラッドベリやフレドリック・ブラウンに狂喜したものの、当時はそんなに類書がないので、やむなく——なぜ「やむなく」なのかというと、根っからの「おばけずき」読者である私は、超自然的な事件に合理的な解決がもたらされるミステリーというジャンルに幼稚な反発心を抱いていたからなのだが——はてなマーク（おじさんマークなどとも）の付いたミステリーにおずおず手をのばし……そこで江戸川乱歩編『世界短編傑作集』第四巻と出逢ったのだ。

今にして思えば、これぞ「奇妙な味」のバイブルともいうべき、名アンソロジーであった。なかでも、トマス・バークの「オッターモール氏の手」と、巻末に据えられたヒュー・ウォルポールの「銀の仮面」の両篇には、ミステリーというジャンルに対する認識を改めるほどの衝撃を覚えた。こんな小説があるのか……。

そもそも、「奇妙な味」とは何か。

この造語の生みの親とされる大乱歩は、評論集『幻影城』（一九五一）所収の「英米短篇ベスト集と「奇妙な味」」の中で、右の「銀の仮面」（乱歩の文中では「銀仮面」）を「奇妙な味を最もよく備えている作品」として挙げ、その粗筋《あらすじ》を仔細《しさい》に紹介したのち、次のように述べている（本当は粗筋部分も引用したほうがいいのだが、それをすると本書の解説がそれだけで終わってしまうので割愛。今は複数の翻訳が出ているので、ぜひ現物をお読みください）。

以上が「銀仮面」のあら筋だが、私の「奇妙な味」というのはこれである。ポーの「アモンチリャドーの樽」では、おどけながら友達を壁に塗りこめるが、あれほどあからさまに強烈でなくて、しかもあれより恐ろしい。銀仮面が象徴する、あどけなく、可愛らしく、しかも白銀の持つ冷やかな残酷味である。

乱歩は「オッターモール氏の手」についても「全然利慾に関係のない一種無邪気な残虐」、ダンセイニの「二瓶の調味剤」（『世界短編傑作選』第三巻所収）について「平然としてあどけなく、ユーモラスに行われる極悪、原始残虐への郷愁」などと評しており、彼が英米ミステリーの中に見いだした「奇妙な味」の勘所《かんどころ》が奈辺にあるのかを（いささか感覚的にではあるが）示唆《しさ》していた。

このように乱歩がミステリーの一傾向として（やや曖昧に）定義した「奇妙な味」の範疇《はんちゅう》を、現代日本作家を対象に、あえて逸脱・拡大して編まれたのが、吉行淳之介《よしゆきじゅんのすけ》編纂の『奇妙な味の

小説　現代異色小説集』（一九七〇）で、これまた非常に優れたアンソロジーだった。また、いみじくもその副題には「異色小説」とあるが、現在、「異色短篇」とか「奇想小説」と呼ばれる類の作家作品には、「奇妙な味」成分を濃厚に含有するものが多い。これまで名前を挙げた以外では、サキやジョン・コリア、ロアルド・ダール、阿刀田高《あとうだたかし》といったあたりが、代表的な「奇妙な味」の書き手といえようか。

要するに、ミステリー、ホラー、SF、ときにはファンタジーなどの諸要素が渾然一体《こんぜんいったい》となった作風で、乱歩のいう「冷やかな残酷味」、無気味さや不条理感を強く印象づけるような作品というのが、奇妙な味の小説なのである。

さて、こうした定義を踏まえて本書に収められた十八の短篇小説を通覧してみると、まさしく「奇妙な味」のお手本といっても過言ではないような良質な作品ぞろいで、たいそう驚かされた。

舞台はいずれも、平成の世も末ちかき現代日本。それも思うさま卑近な、見慣れた日常の世態風俗人情を、作者は活きいきとした筆致で活写する。さすがは「日常の謎」の名手。けれども、そこに繰りひろげられる物語世界は、どれもどこかが微妙に歪んでいたり、読み進めるうちに違和感を増幅させずにはおかない仕掛けが巧《たく》みに施《ほどこ》されていたりする。

まさに「日常生活の隙間に手をかけて、いきなりそいつをクルリとひんむいて」（平井呈一）しまうのだ、作者は。その内側から露呈されるのは、ときに人間心理の底知れぬ暗黒であったり、あるいは不意打ちのハートウォーミングだったりする。結末が明暗もしくは虚実のどちらに転ぶかは、極端にいえば最後の一行まで分からないし、そこが堪《たま》らない魅力でもある（だからここでも作品名を挙げることは、わざとしない）。

全篇を通じて、とても印象的だったのは、作者の視点が時として、興味津々で街角にたたずむ透明人間を思わせる点だった。あるスポットに屯《たむろ》する人々の内面を順繰りに覗きこむ態《てい》の作品（複数ある）など、その典型だろう。

作者があくまで「覆面作家」であることにこだわる理由の一端《いったん》が、そこには垣間見えるようにも思われる。

二〇一七年十一月

ぜんぶ困ります

We are in Trouble

小心者なので、基本的に毎日困っています。

たとえば道を歩いていて、同じ方向に避けてしまう相手と出会ったとき。あるいはゴミを出そうと外に出たら、ゴミ収集車が走り去っていくところだったとき。そして短編のネタが思いつかないときなど。かように「困る」シチュエーションは日常に溢れています。

そんな毎日の中で、困りながら書いたお話です。

左記は、私が困らせてしまった方々。心からの謝罪と、感謝を捧げます。

連載の前半を担当して下さった神原佳史さん。後半の古市怜子さん。ネタ不足でどんよりする作家を前にして、さぞお困りだったでしょう。粋な装幀をしてくださる石川絢士さんは、おかしなタイトルのデザインに困られたことと思います。家族と友人とKは、いつネタにされるかと困っていたはずです。営業に販売など、さまざまな形でこの本に関わって下さった方も、「宣伝しづらいなあ」と困っていたとかいないとか。そして最後に、このページを読んでくれているあなたに。読んで「ん？」と困っていませんか？

困りながらも、何かが引っかかってくれたら幸いです。

文庫版のための添え書き

困る困ると言いながら、なんとデビューして十五周年になってしまいました。それはつまり、覆面生活も十五周年ということ。夏場は蒸れて困るなあと感じることもありますが、そこそこ楽しい毎日です。目の部分のメッシュから見える景色はちょっと独特で、これは覆面やかぶり物をかぶった人にしかわからないものではないかなと思います。

東雅夫《ひがしまさお》さんには、奇妙な味の物語の系譜までたどった素晴らしい解説を書いていただきましたが、なんで私があちこちに立っていることをご存知なのでしょうね。

こっそり見ているのが、いいんですよ。困るなあ。

ホリデーが肉だと先生が困る　They are in Trouble

第一章

「――肉が食いたい」

そうつぶやくと、隣でコブちゃんが笑った。

「沖田《おきた》くん、心の声がだだ漏れだよ」

「漏れてもいい。肉が食いたいっす」

荷分けをしながら、俺はしみじみとため息をつく。

「ていうかこれ、リカさんのせいですから」

「えっ？　僕、なんかした？」

小さめの荷物を抱えたリカさんが、びっくりしたようにこっちを振り返った。すらりとした細身。かつメガネをかけてて、なんていうか『ザ・理系』って感じの見た目。私服も清潔感があるし、たぶんこの配送所で一番きちんとした生活をしてるんじゃないだろうか。

ちなみにゴリは最近少し腹が出てるし、コブちゃんは言わずもがな。イワさんは別枠にしといて、俺は私服と生活態度がひどい（らしい）。

「別に比べるわけじゃないけどさ。少しは刈沢《かりさわ》さんを見習ったら？」

進《すすむ》にそう言われたのが、一週間前。部屋に転がるカップ麺の容器を見られたのがきっかけだった。「人は人」と言ってはみたものの、少し気になった。だから聞いてみた。

「——リカさんって、普段なに食ってるんすか」

そしたら、すげえ答えが返ってきた。

「僕は魚が好きだから、魚料理が多いかな。あと葉もの野菜が好きだね。おひたしとか。子供の頃は『ウサギ』ってからかわれたこともあったっけ」

マジかよ。肉より魚な男って実在するのかよ。いや別にバカにしてるわけじゃないけど、おひたしって。なんじゃそりゃ。

それを進に伝えると、メールの文に深くうなずく絵文字がついてきやがった。

『刈沢さんの食事、見習って！　あとカップ麺食べるのやめて、朝ごはんにも野菜か果物を取ってさ。じゃないと、この先太るよ？』

以前の俺だったら「うっせえうっせえ」で終わってた案件。でも今は、ちょっと気にならなくもない状況になってきた。ていうかゴリの腹を見てると、笑えない。

「そういうわけで最近、魚と野菜ばっか食ってるんですよ」

俺の言葉に、イワさんが笑う。

「健康的でいいじゃないか。きっと血液はサラサラだぞ」

「じゃあイワさんも牛丼やめて、生姜《しょうが》焼き弁当も禁止にしたらどうですか」

大好物を並べられて、イワさんがぐっと言葉に詰まる。

「ちなみにそれ、いつまで続けるの？」

リカさんが申し訳なさそうな表情でたずねる。

「……ひと月くらいですかね。今度バーベキューやるんで、そのとき解禁ってことで」

「バーベキューか、いいなあ」

コブちゃんがうっとりとつぶやく。

「普段食べないようなごろっとした肉を、串で焼きたいね。中が焼けにくいから、やっぱ牛だろうな。肉汁がじゅわっと出るような」

それを聞いて、俺はごくりとつばを呑み込む。

（なに言ってくれてんだ、この野郎）

反射的にメンチを切ると、コブちゃんがビビって目をそらした。

「まあ、未来にご褒美が待ってるならいいじゃないか」

ゴリの言葉に、俺はうなずく。うまい肉を可愛い息子と食うためなら、俺はなんだってするぜ。

にしても、肉が食いてえ。

第二章

インターフォンが鳴った。

机に向かっていた隼人《はやと》くんが、猫のようにぴくりと背筋を伸ばす。

しばらくして、部屋のドアがノックされた。

「ちょっといいかしら？」

隼人くんのお母さんが、困ったような表情で僕らを手招きする。案内されるがままキッチンまでついてゆくと、そこにはハチのマークがプリントされた段ボール箱が置いてあった。

「お肉だって聞いてたんだけど――」

量が多すぎて困ってるのかな。そんなことを考えていると、隼人くんが首をかしげた。

「なんか音がしない？」

隼人くんの言葉に、お母さんがうなずく。

「そうなのよ。だからお肉じゃなくて、エビとかカニに変更したのかしらって」

でも、これを見てくれない？　そう言われて、僕と隼人くんは伝票の控えを覗き込んだ。

「えっ？」

「なにこれ。『品名・爬虫類』って」

爬虫類ってヘビとかトカゲとか、そういう種類じゃなかったっけ。

「だから、開けるのが怖くって。飛び出してきたり、逃げたりしたら困るし」

その瞬間、僕の頭の中に阿鼻叫喚《あびきようかん》の地獄絵図が広がった。箱から飛び出した毒ヘビに誰かが噛まれ意識を失い、けれど救急車と血清《けつせい》は間に合わず、さらに這い出てきた大トカゲによって、誰かの指がなくなる。

「……開けちゃダメだ」

思わずつぶやく僕を尻目に、隼人くんは箱のガムテープを剝がしにかかった。

「危ないよ！」

遮《さえぎ》る僕に、隼人くんは呆れたような表情を返す。

「二葉《ふたば》さん、そもそもこれって食材として送られてきたものだよ」

その言葉に、お母さんがうなずく。

「ええ。でも相手の方が電話で『から揚げが最高においしかったから』って言ってたから、てっきり鶏肉が届くんだと思ってたのよ」

「から揚げ……」

あ、と隼人くんが顔を上げる。

「爬虫類でから揚げ。ってことはカエルじゃない？」

カエルを、食べる？　しかもから揚げで？　そもそもカエルは両生類だし――固まる僕の後ろで、お母さんが声をあげた。

「ああ、そうかも」

そうかも、って言えるくらいメジャーな料理なんだろうか。頭の中に広がる田んぼ。

カエルってお魚屋さんでさばいてもらえるのかしら。お母さんのつぶやきに、隼人くんが僕の方を振り返る。

「二葉さん。できそうなとこ、知ってる？」

「……知ってそうな人だと、思うわけ」

ごめんごめん。包みを開けながら笑っていた隼人くんが、ふと手を止めた。

「――カメ？」

爬虫類、食用、田んぼ。その瞬間、僕は隼人くんを箱から引き剝がす。だってカメみたいで食べておいしいやつって、たぶん。

「――本当に、危ないんだよ」

箱の中には、平たいカメのようなスッポンが数匹。大きいから、指を嚙まれたらただではすまないだろう。

「ありがとう、二葉さん」

隼人くんとお母さんに感謝されて、僕はちょっと照れる。

伊藤《いとう》二葉、十九歳。危険物には注意書きをしてくれないと、本当に困ると思う今日この頃です。

でもこのスッポン、どうしたらいいのかな。

塾の帰り。いつものコンビニで、レンが珍しくから揚げを買った。不思議に思って聞くと、レンは不満そうな表情で口を尖らす。

「昨日、から揚げにだまされたんだよ」

「なんだそれ」

俺はいつものあげチキを買うと、外の縁石に腰かけた。

「から揚げよ、って出されて食べたらなんかちょっといつものと違っててさ。なんかもの足りなくてもしかして魚かな、とか思ったら大豆《だいず》だって」

「大豆？」

それってから揚げっぽくなんの？

俺の言葉にレンはうなずく。

「結構、肉なんだよ」

「へえ」

「ベジタリアンとかお寺の料理に使うみたいなやつでさ、見た目はほぼ肉」

ベジタリアン。自分の人生に縁のない単語に、軽く驚く。さすがレンのお母さんはお洒落《しゃれ》なものを作る。

「うちで予想外のから揚げっていったら、豚だけどな」

「え。なにそれ」

レンが急に身を乗り出してきた。

「もともと揚げ物とかしないいんだけどさ、すんごくたまに、運動会のときとかから揚げ作るんだよ。で、その油がもったいないからって次の日、豚肉揚げるんだ」

二日続けて鶏肉でも全然かまわないっていうか、その方がありがたい。なのに。

「料理が得意じゃないのに、チャレンジ精神だけあってさ。酢豚作ろうとするんだけど」

「いいじゃん酢豚。俺めっちゃ好き」

やっぱハルんちはいいなあ。そうつぶやくレンに、俺は首を横に振って見せる。

「中が生なんだよ」

「え?」

「たまにしか作らない上にチャレンジャーだから、でかい肉の揚げ時間がわかんないんだよ。で、毎回切ると半生でさ。血とか見えて、慌ててチンしてる」

「ああ……」

「俺、外で初めて酢豚食ったとき、カリッとしててマジで感動したし」

ふにゃっとした肉の甘酢和《あ》えが『酢豚』だと信じていた俺は、それにものすごく驚いた。

「から揚げに裏切られるのってつらいよな」

レンが深いため息をつく。間違いようのない料理でそれをやられると、確かにつらい。

「だよな。ヘンな工夫するくらいなら、丸ごと出してほしい」

「それだ！」

急に大きな声を出されて、俺はソーダにむせそうになった。

「鶏の丸焼き。それ、すげえ食いたい」

「丸焼きかあ」

俺たちは頭の中にクリスマス的なチキンを浮かべて、うっとりとする。

「いつかやろうぜ」

「いつかって？」

「俺たちが大人になったら」

遠すぎる計画に、俺はぶはっと笑った。

「大学生くらいで、できんじゃね？」

「あ、そっか」

レンも声を上げて笑う。

「他に丸焼きってあったっけ」

「あ、豚。牛は——無理か」

「なんかでっかいやつ、やりたいなあ」

ふと見上げると、満月。俺たちはどちらからともなくつぶやく。

「大人、かあ」

第四章

得体の知れない肉を出された。

「食べないの？」

目の前で小首をかしげる彼女に、僕は曖昧な笑顔で応える。

「食べるよ、もちろん。でもほら、サラダがあるから」

なんか野菜とかから食べると、健康にいいって聞いたよ。僕はレタスを口に運びながら、問題の肉を観察する。

見た目は、完全にハンバーグ。それもデミグラスソースで煮込んだ、うまそうなやつ。でも逆を言えば、何を混ぜ込んでいるかわからないし、味もソースでごまかすことができるという、恐ろしい料理。

というか朝から、水槽の中に泳いでいたはずの金魚がいない。嫌な予感しか、しない。

「ねえ、食べないの?」

確かにこの間は、ちょっと言い過ぎたと思う。でも最近、買って来たおかずが多くて食卓が手抜きだったのも事実だ。まあ、妻の仕事が繁忙期だったというのもあるけど。でも僕だって家事を手伝ってはいるんだから、最低限ちゃんとしてほしい。そう願うのは、間違ってはいないはずだ。

なのに、妻は怒った。そしてこう言った。

「なら作るわ。そのかわり、絶対に残さないでよね」

最初に出てきたのは、ミートボールだった。見た目は完璧だったのに、少し獣臭い匂いがした。何の肉かたずねたら、ふっと笑われた。

「あなたって、何も考えずに出されたものを食べて、洗濯された服を着てるのよね」

幸せよね。そう言われて、むっとした。

次の日、餃子《ぎょうざ》の中身が妙に赤かった。

「残さないって約束よ？」

妻自身はその餃子に手を出さず、焼売《しゅうまい》をつついていた。僕はお腹を壊さないよう祈りつつ、それを噛まずに飲み下した。

それからロールキャベツ。これはつきあっていた頃、彼女がよく作ってくれた料理。だから安心して口に運んだのだが、やはりどこかがおかしい。ひき肉が白っぽくて、やけにぶわぶわとしている。気持ちが悪かった。

これらすべてがひき肉料理だと気づいたとき、背筋がすっと冷えた。

「幸せよねえ。帰ってきたら、料理が出てくるまでキッチンを覗きもせずにくつろいで。人任せって、本当に贅沢」

その言葉を聞いて、確信した。妻は、ひき肉の中に絶対に何かを入れている。

そこで僕は翌日からキッチンの側に立ち、彼女の動きに注目した。そして怪しいものを入れられないよう、冷蔵庫をチェックする。

「そこに立ってるなら、牛乳出して」

「ついでにこのサラダ、混ぜてくれる？」

言われるがままに動いていると、案外手順が多いことに驚く。ハンバーグって、ひき肉を丸くして焼くだけじゃダメなのか。

「ごめん。僕がわかってなかった」

そう伝えると、妻はにっこり笑ってボウルにどろりとした謎の肉を追加した。

「金魚は水換え中よ」

そして今に至る。

「答え合わせをしてあげる。ミートボールにはラム、餃子には牛、ロールキャベツのタネは鶏と豆腐で、今日のこれはレバー入りよ」

「……信じられない」

「ざまあみろってとこね、偏食王子。それでも嫌いになれないところが、くやしいけど」

せいぜい私の料理で健康になるがいいわ。魔女のような台詞をつぶやく彼女を、僕はぎゅっと抱きしめた。

これが僕の、一番大好きな肉だ。

初出一覧

『何が困るかって』（二〇一四年一二月、東京創元社）

いじわるゲーム	ミステリーズ！vol.50	二〇一一年十二月
怖い話	ミステリーズ！vol.54	二〇一二年八月
キグルミ星人	ミステリーズ！vol.51	二〇一二年二月
勝負	ミステリーズ！vol.62	二〇一三年十二月
カフェの風景	ミステリーズ！vol.52	二〇一二年四月
入眠	ミステリーズ！vol.57	二〇一三年二月
ぶつり	Webミステリーズ！	二〇〇六年七月
ライブ感	ミステリーズ！vol.64	二〇一四年四月
ふうん	小説新潮	二〇一一年一月号
都市伝説	ミステリーズ！vol.58	二〇一三年四月
洗面台	ミステリーズ！vol.59	二〇一三年六月
ちょん	ミステリーズ！vol.61	二〇一三年十月
もうすぐ五時	ミステリーズ！vol.55	二〇一二年十月
鍵のかからない部屋	ミステリーズ！vol.12	二〇〇五年八月
何が困るかって	ミステリーズ！vol.63	二〇一四年二月

リーフ　ミステリーズ！vol. 53　二〇一二年六月
仏さまの作り方　ミステリーズ！vol. 65　二〇一四年六月
神様の作り方　『物語のルミナリエ　異形コレクション』　二〇一一年十二月
ホリデーが肉だと先生が困る　『ホリデー・イン』（文春文庫）、『僕と先生』（双葉文庫）、『肉小説集』（角川文庫）、及び本書の初版限定ペーパーに連載

著者紹介　1969年東京生まれ。2002年覆面作家として『青空の卵』を刊行し衝撃のデビューをかざる。以後『仔羊の巣』『動物園の鳥』を上梓。他の著作は『切れない糸』、〈ホリデー〉〈二葉と隼人の事件簿〉〈和菓子のアン〉シリーズ、『肉小説集』、『女子的生活』など多数。

検　印
廃　止

何が困るかって

2017年12月22日　初版

著者　坂《さか》木《き》　司《つかさ》

発行所　(株)　東京創元社
代表者　長谷川晋一

162-0814/東京都新宿区新小川町1-5
電　話　03・3268・8231-営業部
03・3268・8204-編集部
URL　http://www.tsogen.co.jp
フォレスト・本間製本

乱丁・落丁本は、ご面倒ですが小社までご送付ください。送料小社負担にてお取替えいたします。

©坂木司　2014　Printed in Japan

ISBN978-4-488-45705-1　C0193

東京創元社のミステリ専門誌

ミステリーズ!

《隔月刊／偶数月12日刊行》
A5判並製（書籍扱い）

国内ミステリの精鋭、人気作品、
厳選した海外翻訳ミステリ…etc.
随時、話題作・注目作を掲載。
書評、評論、エッセイ、コミックなども充実！

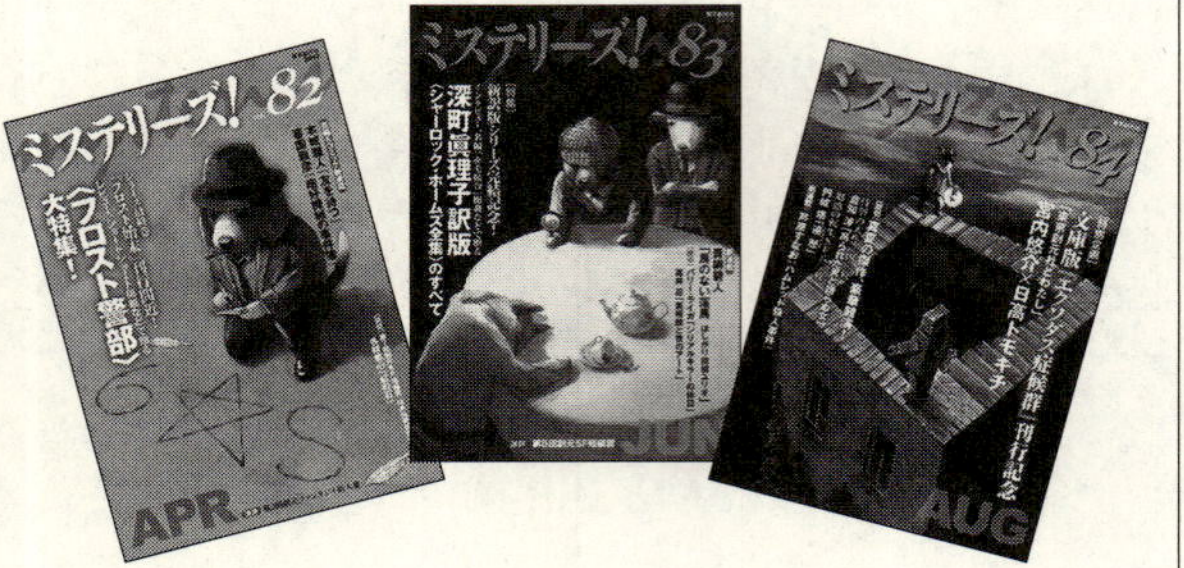

定期購読のお申込みを随時受け付けております。詳しくは小社までお問い合わせくださるか、東京創元社ホームページのミステリーズ！のコーナー（http://www.tsogen.co.jp/mysteries/）をご覧ください。